심야의 비밀 수영 클럽

VivaVivo 53

심야의 비밀 수영 클럽

하이은

뜨인돌

위태로운 시작

후텁지근한 밤공기가 목덜미에 달라붙었다. 찐득한 게 꼭 지금 씹고 있는 캐러멜 같다. 나는 머리카락을 올려 묶으며 주변을 천천히 살폈다. 오래된 시립 체육관 앞 삼거리에는 간간히 차만 지나다닐 뿐, 사람 하나 보이지 않았다.

지금이다.

캐러멜을 꿀꺽 삼키고 죽은 덩굴이 엉긴 펜스 너머로 백팩을 던진 뒤 펜스에 발을 올렸다. 고작 펜스 하나 넘는 것뿐인데 누군가에게 들키기라도 할까 봐 가슴이 두근거렸다. 다른 애들이 보면 비웃을지 모르지만, 이건 내게 있어 엄청난 일탈이니까.

어정쩡한 자세로 펜스를 넘어 그대로 바닥에 착지했다. 순간 뾰족한 철사 끝에 무언가가 걸려 찢어지는 소리가 들렸다. 설마…. 황급히 시선을 아래로 내렸다. 청색 남방 끝이 찢어져 있었다.

"아…."

아끼는 남방이라 한숨이 절로 터져 나왔다. 하지만 이미 벌어진 일이니 어쩔 수 없었다. 찢어진 남방 끝을 손으로 만지작거리다 백팩을 주워들고 걸음을 옮겼다.

암전된 체육관은 쥐 죽은 듯 조용했다. 중앙 현관을 지나 모퉁이를 도니, 건물 뒤편에 '관계자 전용'이라 쓰인 회색 철문이 나 있었다. 똑똑 문을 두드린 뒤, 조심스레 문고리를 돌렸다. 경비복을 입은 나이 든 남자가 삐걱거리는 의자에 앉아 있었다. 나는 백팩 지퍼를 열고 편의점에서 사 온 생크림빵 하나를 꺼내 아저씨에게 내밀었다. 아저씨가 찌그러진 빵을 물끄러미 바라보며 물었다.

"단팥빵은 없냐?"

준비한 뇌물이 마음에 들지 않는 것 같았다. 기껏 용돈을 털어 사 왔는데. 나는 탐탁지 않아 하는 아저씨를 보며 작게 대꾸했다.

"…다음엔 그걸로 사 올게요."

아저씨에게 꾸벅 인사를 하고 복도로 이어진 경비실 문을 잡아당겼다. 불 꺼진 복도는 어딘가 스산한 분위기를 풍겼다. 문득 삼류 공포 영화의 한 장면이 떠올랐다. 괜한 긴장감에 마른 침을 삼키며 천천히 계단을 내려갔다. 지하로 향할수록 습하고 꿉꿉한 기운이 짙어졌다. 익숙한 소독약 냄새와 희미한 물비린내가 코끝에 맴돌았다. 텅 빈 탈의실 안으로 들어간 나는 그제야 안도하며 신발을 벗었다. 수영장에 도착하니 비로소 마음이 놓였다.

"돈 한번 벌기 어렵네…."

굴러다니는 플라스틱 바구니에 찢어진 남방과 남은 옷가지를 벗어 넣고, 백팩을 열었다. 챙겨 온 수영복으로 갈아입는 건 순식간이었다. 수영모와 물안경을 챙겨 빠르게 탈의실을 나섰다. 수영장 불이 꺼져 있는 걸 보니, 아무래도 내가 먼저 도착한 것 같았다. 몸이라도 풀고 있을 심산으로 스트레칭을 하며 중앙의 벽시계를 확인했다. 약속 시간이 다 됐는데도 상대는 좀처럼 모습을 드러내지 않았다.

"얜 왜 이렇게 안 와."

첫 수업부터 지각이라니. 깍지 낀 손을 위로 쭉 뻗으며 미간을 찌푸렸다. 수업을 받으려는 기본자세가 안 돼 있다. 도착하는 대로 핀잔을 줘야겠다고 생각하며 두 팔을 왼쪽으로 기울일 때였다.

'쿵!'

육중한 소리와 함께 탈의실 문이 열리며 건장한 체격의 소년이 튀어나왔다. 딱 달라붙는 사각 수영 팬츠를 입은 재현은 흰 수영모에 물안경을 쓰고 있었다. 웬 오버인지, 흰 후드 집업에 빨간 헤드셋까지 착용했다는 게 문제지만. 자기가 무슨 펠프스(미국의 전 수영 선수)인 줄 아나. 한껏 멋을 부리며 다가오는 그를 기가 막히다는 듯 응시했다. 런웨이를 걷듯 온갖 폼을 다 잡으며 오는 모습이 어처구니없었다.

"뭐야? 그 집업이랑 헤드셋은."

수업 받으러 와서 저 잡다한 것들은 왜 장착하고 나타난 건지. 재현이 헤드셋을 내리며 답했다.

"왜. 영상 보니까 선수들 다 이렇게 하고 나오던데."

7

특유의 보조개 미소를 지은 재현이 집업을 벗어 복근을 드러냈다. 웬만한 선수들 못지않은 탄탄한 몸매였다. 그가 군살 없는 허리에 손을 얹으며 물었다.

"어때, 나 좀 수영 선수 같아? 시합 앞둔 국가대표 같지?"

나는 복근을 과시하는 재현을 심드렁한 눈빛으로 바라봤다. 수영도 제대로 할 줄 모르면서 겉멋만 잔뜩 들어 있다. 생글거리는 그를 못마땅하게 쳐다보다 시간을 확인했다.

"선수 코스프레 할 시간에 준비 운동이나 해. 시간 없으니까."

수업이 끝나는 대로 집에 돌아가야 한다. 이건 아빠 몰래 시작한 도둑 과외니까. 나는 곤히 자고 있을 아빠를 떠올리며 입술을 잘근 거렸다. 밤중에 집에서 뛰쳐나와 이런 짓을 벌이는 걸 알면, 아빠는 아마 뒷목을 잡고 까무러칠 것이다. 아시안게임이 코앞인데 제정신 이냐고 하겠지. 최악의 상황을 가정하며 작게 한숨을 쉬었다. 절대로, 무슨 일이 있어도 들켜서는 안 된다. 굳게 다짐하고 시선을 돌렸다. 그 와중에 재현은 하라는 운동은 안 하고 휴대폰만 쳐다보고 있었다.

"뭐 해? 스트레칭 안 하고."

"잠깐만. 나 셀카 한 장만 찍고."

"뭐?"

"첫 수업 기념으로 인증샷 남겨야지. 팬들한테도 보여 주고."

재현은 생긋 웃으며 근사한 자신의 모습을 휴대폰에 담았다. 이리 저리 각도를 돌려 가며 촬영에 열중하고 있는 모습이 딱 연예인 그

자체였다. 누가 아이돌 아니랄까 봐. 나는 셀카에 심취한 재현을 흘기며 조용히 손을 움켜쥐었다. 이래서 수업은 언제 시작할는지 싶었다.

"너, 나한테 수영 배울 마음이 있긴 해?"

"당연하지. 안 그럼 너한테 부탁을 왜 하겠어."

집업 위에 휴대폰을 놓은 재현이 팔다리를 가볍게 흔들었다.

"나 이번 시합에서 꼭 1등 할 거야. 무슨 일이 있어도 반드시."

장난기 가득했던 눈빛이 금세 진지해졌다. 그놈의 이벤트성 대회가 뭐 그렇게 중요한지 모르겠다. 나는 재현을 바라보다가 레인으로 시선을 돌렸다.

"그럼 일단 한 바퀴 돌아 봐. 그래야 네 실력이 어떤지 알 수 있으니까."

실력이 어느 정도인지 알아야 어떤 부분을 보완하고 어떻게 가르칠지 결정할 수 있었다. 나는 멀뚱히 서 있는 재현을 눈짓으로 재촉했다.

"음, 그건 좀 곤란한데."

"왜."

"나 헤엄 못 치거든."

"뭐?"

비스듬히 눈썹을 들어올렸다. 헤엄을 못 친다니? 나는 빠르게 눈을 깜빡이며 재현을 응시했다.

"수영을 할 줄 모른다고? 하나도?"

"그러니까 너한테 가르쳐 달라고 했지."

머리를 한 대 맞은 듯한 기분이 들었다. 잠시 할 말을 잃은 나는 정신을 차리고 다그치듯 물었다.

"당장 다음 달에 대회 나간다며. 어느 정도는 할 줄 아는 거 아니었어?"

"아니. 모르는데."

재현이 어깨를 으쓱거리며 해맑게 웃었다. 말문을 막히게 하는 천진난만한 미소였다. 나는 태연한 그를 보며 입을 벌렸다. 수영도 할 줄 모르면서 1등 이야기를 하다니. 기가 막혀 말이 나오지 않았다.

"너… 지금 나랑 장난해?"

"뭐가?"

"물에 뜨지도 못하는 게 1등을 어떻게 해? 당장 다음 달이 시합인데!"

대회에 나간다기에 수영을 어느 정도 할 줄 안다고 생각했다. 그러니 자세 교정이나 스타트, 페이스 유지법 정도 알려 주면 되겠다고 생각했는데 물에 뜰 줄도 모르는 맥주병이라니. 내가 이런 왕초보를 가르쳐야 한다니. 이마에 손을 얹고 신음을 흘렸다. 하지만 복장이 터지는 나와 달리 재현은 태평했다.

"그럼 배우면 되지. 나 습득력 되게 빨라. 운동 신경 좋다고."

재현이 씩 웃으며 자신만만한 모습을 보였다. 물에 뜨지도 못하는 게 입만 살아선. 나는 의기양양한 재현을 매섭게 째려봤다. 대체 저 근거 없는 자신감은 어디서 나오는 건지.

"너 수영이 그렇게 만만한 줄 알아? 며칠 연습해서 뚝딱 할 수 있을 것 같냐고."

"응."

나 참 어이가 없어서.

"미안한데, 너 1등 못 해. 아니? 지금으로선 대회에 나가는 것도 기적이야. 혼자 헤엄이나 칠 수 있으면 다행이라고."

수영을 시작한 사람들 중 과반수가 한 달이 돼도 킥판을 떼지 못한다. 보조 도구 없이는 헤엄을 칠 수 없다는 이야기다. 그러니 고작한 달 배워서 대회에 나가 1등을 하겠다는 건 현실적으로 불가능했다. 타고난 수영 천재면 모를까.

"아니, 할 수 있어."

재현은 내 말을 인정하지 않았다. 오히려 확신에 찬 목소리로 덧붙였다.

"내가 그렇게 하기로 마음먹었으니까."

뭐야, 저 청춘물 주인공 같은 대사는. 마음만 먹으면 뭐든 할 수있다는 대답이 황당하기 그지없었다. 인생이 그렇게 쉽다면, 나 역시 수영을 그만둘 기로에 서 있지도 않을 것이다. 고개를 설레설레저으며 능글맞게 웃고 있는 재현을 쳐다봤다.

"그리고 네가 그렇게 만들어 줄 거잖아?"

"뭐?"

"우리 약속 기억하지? 내 1등에 네 300만 원이 달려 있는 거."

맞다, 약속. 이럴 줄 알았으면 1등으로 만들어 주겠다고 약속하는게 아니었는데. 아- 내 300만 원! 나는 눈을 질끈 감았다 떴다. 이렇게 된 이상, 재현을 1등으로 만드는 수밖에 없다. 두 달 안에 어떻게든 300만 원을 마련해야 하니까.

"그런 의미에서 앞으로 잘 부탁해. 국가대표."

재현이 불쑥 손을 내밀었다. 그 모습이 문득 그날과 똑같다는 생각이 들었다. 학교에서 재현을 처음 만났던 바로 그날. 나는 해사하게 웃는 그를 가만히 응시했다. 며칠 전 그날이 손에 잡힐 듯 생생하게 펼쳐졌다.

어색한 등교

학교에 간다는 이유로 조금 특별한 아침이었다. 간만에 교복을 꺼내 입고 거울 앞에 섰다. 맞지 않는 옷을 걸친 듯 어색하기 짝이 없었다. 나는 문 너머로 들리는 소음에 미간을 찌푸리며 교복 칼라를 다듬었다. 또 시작이네. 옷매무새를 고치고 방을 나서니, 두더지마냥 안방을 헤집던 엄마가 다급하게 거실로 나왔다.

"자기야, 혹시 안방에 있던 요가 매트 못 봤어? 파란 거."

"아침부터 웬 요가 매트? 당신 출근 안 해?"

주방에서 아침을 만들던 아빠가 고개를 갸우뚱거렸다. 엄마가 초조한 손길로 머리를 쓸며 인상을 찌푸렸다.

"어, 일단 매트부터 좀 찾고. 정 대리한테 팔기로 했단 말이야. 단돈 2만 원에."

엄마가 매의 눈으로 주변을 살폈다. 이젠 안방도 모자라 거실까지 뒤집을 기세였다. 아빠가 국그릇을 식탁에 놓으며 대꾸했다.

"잘 찾아봐. 어디 있겠지. 그게 발이 달리기를 했어, 아님 누가 버리기를 했어."

"그니까. 근데 어떻게 코빼기도 보이질 않냐고. 아, 정말! 오늘 가져간다고 했는데."

입을 쭉 내민 엄마가 부엌에서 물을 마시는 내게 시선을 옮겼다.

"딸, 너도 못 봤어?"

"몰라. 나도."

속으로 뜨끔했지만 모른 척 어깨를 으쓱였다. 다행히 눈치채지 못한 엄마는 다시 안방으로 들어가 장롱을 헤집기 시작했다. 휴. 안도한 나는 의자를 당겨 식탁 앞에 앉았다. 식탁 위에는 내가 좋아하는 반찬들과 따뜻한 뭇국이 놓여 있었다.

결국 엄마는 정 대리에게 팔기로 한 매트를 찾지 못하고 집을 나섰다. 당연한 일이었다. 매트는 사흘 전에 내가 동네 주민에게 저렴한 값으로 팔았으니까. 게 눈 감추듯 식사를 마친 나는 숟가락을 놓고 일어섰다. 아빠가 남은 밥을 확인하고는 아쉬운 표정을 지었다.

"에이, 조금만 더 먹지."

"이게 최선을 다한 거야. 잘 먹었습니다."

물 한 모금을 마시고 화장실로 향했다. 등교 시간이 얼마 남지 않아 서둘러야만 했다. 양치를 마치고 후다닥 방으로 돌아와 백팩을 멨다. 그런데 침대 위에 놓은 휴대폰이 '반짝' 하고 빛났다. 왔다! 나는 서둘러 중고 거래 마켓 앱에 접속했다. 어젯밤 마켓에 로봇 청소기를 올렸는데 입질이 온 것 같았다. 하지만 메시지를 읽는 순간, 부풀었던 기대는 빠르게 가라앉았다.

— 3만 5천 원에 삼. ㅋ?

예의도 없고, 성의는 더 없는 문의였다. 게다가 내가 올린 금액을 절반이나 후려쳤다. 뭐야, 이 사람. 마켓을 이용하다 보면 이래저래 깎아 달라는 요청을 받지만, 이렇게 밑도 끝도 없이 싸게 달라는 인간은 처음이었다. 그것도 반값으로. 나는 애써 화를 억누르며 빠르게 답장을 보냈다.

— 네고 안 됩니다.

그러자 기다렸다는 듯 상대방에게서 답이 날아왔다.

— 나름 후하게 쳐 준 건데. 쓰던 거 팔면서 너무 해 먹으려 하네.

순간 눈을 의심했다. 아무리 예의를 밥 말아먹었다 해도 이건 아니지. 뚜껑이 열린 나는 빠른 속도로 문자판을 두드렸다.

— 그러는 그쪽은 예의를 집에 두고 왔어요? 다짜고짜 왜 반말이…

그러나 상대방이 한발 더 빨랐다.

— ㅉㅉㅉ 그러니까 안 팔리지. 그럼 ㅅㄱ

이 나쁜 놈이. 화가 머리 끝까지 솟구치는 바람에 휴대폰을 쥔 손이 바들바들 떨렸다. 수고 같은 소리 하네. 가다가 넘어져서 다리나 부러져라! 씩씩대며 휴대폰을 내팽개치듯 내려놓았다. 따뜻한 동네 거래 앱이라더니, 순 양아치들 태반이다. 지난번엔 웬 인간이 착즙기를 공짜로 나눔해 주면 안 되냐고 집요하게 졸랐다. 찰거머리 같았던 인간을 떠올리며 나는 고개를 설레설레 저었다.

하지만 거래를 포기할 수는 없다. 요 며칠 동안 집안에 있는 물건들을 팔아 치워 돈을 쏠쏠하게 마련했으니. 나는 모조리 팔아 치워 허전한 방 안을 둘러보며 팔짱을 풀었다. 엄마 아빠한테 들킨다면 한소리 듣는 것으로 끝나지 않을 테지만, 달리 방법이 없었다. 한숨을 쉰 나는 백팩을 메고 방에서 나왔다.

"다녀올게."

"같이 가. 아빠가 태워 줄게."

현관에서 신발을 구겨 신는데, 아빠가 앞치마를 벗으며 서둘러 따라나섰다.

"됐어. 버스 타면 금방이야."

"아빠 두고 왜. 편하게 차 타고 가면 되지."

아빠는 기어코 엘리베이터에 함께 올랐다. 이런 부분에선 아빠의 고집을 꺾을 수 없다는 걸 알기에 나는 군말 없이 따랐다.

7월에 접어들어 그런지 아침부터 날씨가 후텁지근했다. 우리는 쨍한 햇볕을 느끼며 차에 올라탔다. 단지를 벗어나 시내를 달리니 창밖의 풍경이 빠르게 바뀌었다. 아빠가 백미러로 나를 쳐다보며 물었다.

"그래서 두 달 만에 등교하는 소감은?"

"그냥 그래."

말은 그렇게 했지만 사실은 별로였다. 학교에 도착하는 순간, 모두의 이목이 내게 집중될 테니까. 나는 창밖을 바라보며 불편함을 억눌렀다.

"왜. 간만에 친구들 보니 즐겁지 않아? 난 좋을 것 같은데."

잇새로 맥 빠진 웃음이 터져 나왔다. 거듭된 시합과 훈련으로 가뭄에 콩 나듯 학교에 가는데 친구 같은 게 있을 리가. 하지만 정작 아빠는 왜 웃는지 모르겠다는 얼굴이었다.

나는 가만히 창밖을 바라보다 지그시 눈을 감았다. 마음이 답답하고, 불편해질 때마다 떠올리는 풍경이 하나 있다. 뺨을 스치는 달콤한 바람과 드넓은 초원, 좌우로 흔들리는 풀들과 제멋대로 뛰어노는 말들, 텁텁하면서도 알싸한 흙냄새와 머리 위로 쏟아지는 수억 개의 별들. 나는 몽골 초원 한가운데 서 있는 내 모습을 상상하며 숨을 깊게 들이쉬었다.

"참, 수업 끝나는 대로 성일 병원 3층으로 와. 예약 잡아 뒀어."

예고 없이 날아온 아빠의 한마디가 내 환상을 와장창 깨트렸다. 달갑지 않은 이야기에 명치가 꽉 막힌 듯 불편해졌다. 아빠의 차분한 목소리가 무거워진 차 안의 공기를 갈랐다.

"알아봤는데, 스포츠 재활 심리 쪽 권위자래. 능력도 좋고, 경력도 많고. 상담 받고 좋아진 선수들이 셀 수가 없다고 그러더라."

"…."

"가서 진료 좀 받아 보자. 그럼 금방 예전으로 돌아갈 수 있을 거야. 응?"

얼른 내가 본래의 실력을 되찾길 바라는 마음이 담긴 말이었다. 나는 말없이 차선을 바꾸는 아빠를 쳐다봤다. 만약 여기서 아빠에게 이제 치료는 지긋지긋하다고 말하면, 아니, 이젠 수영을 그만두고 싶다고 말하면 무슨 반응을 보일까.

나는 아빠에게서 시선을 거두곤 바뀌는 풍경을 응시했다. 가만히 창밖만 바라보고 있으니, 어느새 교문 앞에 다다랐다.

"다녀올게."

백팩을 들쳐 메고 차 문을 여니, 삼삼오오 교문을 통과하는 애들이 보였다. 무리 지어 가는 모습이 꽤 즐거워 보였다. 그들을 눈으로 쫓다가 고개를 돌렸다. 차에서 내린 아빠가 하얀 쇼핑백을 손에 들고 다가왔다.

"자, 점심. 이따가 먹어."

"급식 있는데 뭐 하러."

"네가 저번에 그랬잖아. 토 나올 정도로 맛없다고."

그건 학교 급식은 어떠냐고 꼬치꼬치 캐묻기에 그냥 한 소리였다. 나는 내 손에 쇼핑백을 억지로 쥐어 주는 아빠를 가만히 응시했다.

뭐가 그렇게 좋은지 얼굴에 미소가 가득했다.

"우리 딸 좋아하는 걸로만 넣었어. 이름하여 아빠의 특제 도시락!
어때, 완전 맛있겠지?"

"…."

이따금씩 아빠가 부담스러울 때가 있다. 그중 하나가 바로 이럴 때
였다. 사소한 것 하나까지 다 챙겨 주려고 할 때. 그걸 나에 대한 관
심과 사랑이라 여길 때. 묵직한 쇼핑백을 내려다봤다. 커다란 보온
병과 두툼한 2단 도시락이 자리를 차지하고 있었다.

"간식도 있으니까 꺼내 먹어. 괜히 친구들 따라서 매점 가지 말고.
알겠지?"

대답 없이 교문으로 향하니, 등 뒤로 잘 다녀오라는 아빠의 목소
리가 들렸다. 나는 도망치듯 빠르게 걸음을 내디뎠다. 초등학교에
갓 입학한 딸을 배웅하는 것처럼 자신의 뒷모습을 보고 있을 아빠
를 생각하니 피로가 몰려왔다.

정문을 지나 건물 안으로 들어갔다. 진천 선수촌에서 합숙 훈련을
하느라 두 달 만에 온 학교는 낯설고 어색했다. 어디더라. 기억을 더
듬어 교실을 찾아 들어가니, 한데 모여 깔깔대던 애들이 일제히 입
을 다물었다. 애들의 시선을 애써 외면하며 교실 안을 둘러봤다. 이
런 반응을 몰랐던 건 아니지만, 역시나 불편하기 짝이 없었다.

"내 자리 어디야?"

한 아이에게 다가가 물으니, 손가락으로 교실 뒤편을 가리켰다. 온
갖 잡동사니들이 가득 쌓여 있는 책상 옆이었다. 나는 황량하리만

치 아무것도 없는 책상으로 다가갔다. 뒷자리인 데다 창가 옆이어서 퍽 마음에 들었다.

　나는 다시 시작된 애들의 잡담을 들으며 창밖을 살폈다. 이름 모를 친구들은 한창 용돈 이야기로 열을 올리고 있었다.

　"짜증 나. 엄마가 학생이 무슨 돈이 필요하냐고 그러더라. 그럼 뭐 이 나이에 놀이터에서 노나?"

　"내 말이. 주면서 생색은 또 얼마나 내는데. 하여간 용돈이 맨날 인질이야. 뻑하면 안 준다 협박이나 하고."

　픽 웃음이 나왔다. 얼마 주지도 않고선 생색을 낸다는 점에서 공감이 됐다. 돈이라도 달라고 하면 '그 돈으로 뭐하게' 하는 소리가 나오니까. 짠순이 중에서도 짠순이인 엄마를 떠올리며 미간을 모았다. 이번에 부장으로 승진했으면서, 내 용돈은 코딱지만큼도 올려 줄 생각을 안 했다. 게다가 아빠는 돈이 필요하다고 할 때마다 이유를 캐물었고. 나는 땅이 꺼져라 한숨을 내뱉으며 고개를 절레절레 흔들었다. 그러니 내가 집안 살림을 있는 족족 내다 파는 거다. 앱에 접속해 통장 잔액을 확인했다. 잔액은 꼴랑 24만 원. 목표는 아시안게임 전에 300만 원을 모으는 거지만, 지금으로선 가능성이 희박했다.

　아아, 우울해. 나는 두 손에 얼굴을 묻고 눈을 질끈 감았다. 애들의 목소리가 다시금 들려왔다.

　"암튼 그래서 나 위기야. 이러다 뉴엠 단콘 못 가게 생겼다고."

　"그냥 포기해. 집에 있어야지 어쩌겠어."

　"싫어. 민혁이 입대 전 마지막 콘서트란 말이야! 이번에 못 가면 완전 끝이라고."

용돈으로 아이돌 콘서트에 갈 생각이었던 모양이다. 자세를 바로한 나는 심드렁한 눈으로 창밖을 응시했다. 아이돌 이야기로 넘어가니 흥미가 떨어졌다.

"그래서 말인데 나 돈 좀 빌려주면 안 돼? 갚을게! 담 달에 용돈 받으면 바로!"

"나도 거지야. 앨범 사느라 다 써서. 어제 에이틴 컴백했잖아."

"맞다, 그랬지? 아ㅡ 나 그럼 어떡해? 이번엔 진짜 꼭 가야 하는데. 어디 돈 벌 만한 데 좀 없나?"

그건 내가 하고 싶은 이야기였다. 더도 말고 딱 300만 원만 있으면 되는데. 나는 다시 휴대폰을 켜 구직 사이트에서 구인 공고를 확인했다. 파트 타임으로 알바를 구하는 곳은 많았지만, 미성년자를 받아 줄 가게는 없었다. 게다가 어렵게 구한다고 해도 아빠가 극구 반대할 게 뻔하고. 칠이 벗겨진 책상을 검지로 톡톡 두드리며 창밖을 내다봤다. 동의서를 조작해서 일하는 것도 생각해 봤지만, 가장 중요한 알바할 시간이 없었다. 내 하루 스케줄은 온통 수영으로 가득 차 있으니까.

그놈의 수영. 수영. 수영.

쳇바퀴 같은 생활을 떠올리자 또 한 번 한숨이 터져 나왔다. 그 순간, 옆자리 의자가 요란한 소리를 내며 밀려났다. 고개를 돌리니 단발머리에 안경을 낀 여자애가 서 있었다. 난잡한 옆 책상의 주인이자 내 짝인 듯했다. 여자애가 의자를 당겨 앉으며 물었다.

"넌 어느 쪽이야?"

"뭐?"

"아이돌 말이야. 뉴엠이랑 에이틴 중 어느 쪽?"

눈을 깜빡였다. 아무럼 옆자리라지만, 말을 걸 줄은 몰랐다. 그것도 본래 알고 있던 사이처럼 자연스럽게. 나는 대답을 기다리는 여자애를 가만히 응시했다. 손에 든 참고서에 '정다솜'이라는 이름이 큼지막하게 쓰여 있었다.

"…둘 다 안 좋아하는데."

"그래? 그럼 본진이 어딘데?"

"본진?"

"덕질하는 그룹이 어디냐고. 좋아하는 그룹!"

그런 게 있을 리 없다. 여섯 살 때부터 줄곧 수영 하나만 생각하고 살았으니까. 물론 최근엔 다른 데에 관심이 생겼지만. 나는 그곳에 들어갈 300만 원을 떠올리며 천천히 고개를 저었다.

"없어, 그런 거. 난 아무도 안 좋아해."

"그럼 대체 무슨 재미로 살아?"

다솜이 이해할 수 없다는 눈빛으로 나를 쳐다봤다. 그러곤 침묵하는 내게 덕질의 재미와 행복에 대해 장황하게 늘어놓기 시작했다. 요즘 돌판에 잘생긴 애들이 많아서 눈 호강을 한다느니, 지금 덕질을 하지 않으면 나중에 분명 후회할 거라느니, 하는 이야기였다. 말을 섞은 건 오늘이 처음인데, 자기소개도 없이 아이돌 이야기만 꺼내는 걸 보면 정말 좋아하나 보다. 나는 신기한 눈으로 다솜을 바라봤다. 그러다 문득 작은 궁금증이 일었다.

"그래서 넌 누구 좋아하는데?"

"응? 나?"

다솜이 들뜬 목소리로 덧붙였다.

"난 다 좋아해! 남돌이라면 하나도 빠짐없이 전부 다!"

활짝 웃은 다솜이 백팩 안에서 노란 다이어리를 꺼냈다. 다이어리에는 온갖 그룹의 포토 카드와 스티커가 잔뜩 붙어 있었다. 다솜이 알록달록한 속지를 빠르게 넘기며 말했다.

"근데 애들은 나보고 지조가 없대. 가리지 않고 다 좋아한다고."

다솜은 시무룩한 표정을 지으며 귀여운 애들이 널렸는데 어떻게 한 그룹만 좋아할 수가 있냐고 덧붙였다. 한 그룹만 덕질하는 건 엄연한 청춘 낭비라면서.

그러다 돌연 눈을 반짝인 다솜이 화제를 바꿨다.

"참, 그거 알아? 우리 학교에도 아이돌 있는 거."

"아이돌?"

"응. 그것도 우리 반에. 너 없는 사이에 전학 왔어. 혹시 그룹 이그니스라고 알아?"

나는 고개를 저었다. 다솜만큼 빠삭하진 않아도 웬만한 아이돌 이름 정도는 아는데, 이그니스란 그룹은 처음 들어봤다. 다솜은 아리송해 하는 나에게 그럴 줄 알았다며 짧게 설명을 덧붙였다.

"신생 엔터에서 나온 남돌 그룹인데, 거기 리더가 우리 반이야. 28번 서재현."

다솜이 다이어리 안에서 재현의 포토 카드를 가리켰다. 곱상하게 생긴 은발 머리 남자애가 환하게 웃고 있었다. 다솜은 포토 카드 속 재현을 다정한 손길로 쓰다듬었다.

"자주 결석해서 못 보는 게 아쉬워."

"…."

"얘도 너만큼 잘 안 나오거든. 이래저래 바쁜가 봐."

다솜이 입맛을 다시며 아쉬움을 드러냈다. 아이돌이면 다 좋아한다고 하더니, 이 애도 좋아하는 모양이었다. 나는 포토 카드에서 눈을 떼지 못하는 다솜을 가만히 바라봤다.

그 순간 앞문이 열리며 붉은 곱슬머리의 여자가 들어왔다.

"뭐 하고 있어? 빨리 자리에 안 앉고?"

담임의 말에 흩어졌던 애들이 하나둘씩 제자리로 돌아갔다. 정신 없던 교실이 순식간에 쥐 죽은 듯이 조용해졌다. 나는 아침 조회를 하는 담임을 쳐다보다 자리에 앉은 애들에게로 시선을 옮겼다.

비로소 학교에 돌아온 게 실감이 났다.

첫 만남

2교시를 마치고 교무실로 향했다. 담임이 잠깐 이야기 좀 하자며 부른 탓이었다. 교무실 문을 두 번 노크하고 들어가니, 구석 자리에 앉아 모니터에 눈을 고정시킨 채 시리얼을 먹고 있는 담임이 보였다.

"선생님."

내 목소리에 화들짝 놀란 담임이 콜록대며 숟가락을 내려놓았다. 표정을 보니 아침에 나를 부른 걸 깜빡 잊은 듯했다.

"어, 그래. 왔니?"

담임이 멋쩍은 미소를 지으며 시리얼이 담긴 머그컵을 옆으로 치웠다.

"내가 일찍 나오느라 아침을 못 먹어서."

"아, 네…"

나는 담임이 권한 접이식 의자에 앉아 멀뚱히 눈을 깜빡였다. 무슨 이야기를 하려고 부른 걸까. 담임이 우유가 묻은 입술을 손으로 훔치며 생긋 웃었다.

"그래, 시합 준비는 잘되고 있어?"

"뭐… 그럭저럭이요."

실은 전혀 잘되고 있지 않지만 그냥 그렇게 답했다. 요 근래 나가는 대회마다 족족 망치고 있다는 사실을 굳이 밝히고 싶지는 않았다. 동정이나 위로 같은 건 질색이니까. 뭐, 그나마 다행인 점이 있다면 봄에 딴 국가대표 타이틀이 이번 아시안게임까지 보장된다는 정도?

아니, 생각해 보니 다행이 아니라 재앙이다. 만약 그때 한국 기록을 깨고 국가대표 타이틀만 따지 않았다면, 이렇게 사람들의 관심으로 고통받을 일도 없었을 테니까. 한숨을 삼킨 나는 쓸쓸하게 손가락을 만지작거렸다.

"그럼 몸 상태는? 컨디션도 괜찮고?"

"네. 괜찮아요."

"다행이다. 선생님이 걱정 많이 했어. 지난 번 뉴스 보고."

두 달 전에 치른 세계 선수권 결선 이야기였다. 기습 공격에 얼굴이 빠르게 굳어졌다. 전국에 보도됐으니 모두가 아는 게 당연했지만, 이렇게 불쑥 언급될 때마다 숨이 콱 막혔다.

"운동도 좋지만 너무 무리하진 마, 응? 컨디션 잘 챙기고."

담임이 안쓰러운 눈빛으로 나를 응시했다. 쓰러진 그날, 언론이 컨디션 난조가 이유라고 보도했으니 그렇게 생각할 만도 했다. 나는 목울대를 조금 움직였다. 쓰러진 이유가 컨디션 때문이 아닌 극심한 부담감과 스트레스 때문이었다는 건 가족과 소수의 관계자들만 아는 사실이었다.

"네. 그럴게요."

나는 진실을 숨긴 채 고개를 끄덕였다. 입안에 고인 침이 썼다.

"그래, 아시안게임이 언제라 그랬지?"

"10월이요."

"그럼 이제 두 달 남았구나. 한창 바쁘겠네. 시합 준비하느라."

캘린더에서 날짜를 확인한 담임이 내 어깨에 손을 얹었다.

"힘내라. 넌 우리 학교의 자랑이야. 알지?"

자랑. 지겹도록 듣는 이야기였다. 네가 우리의 희망이다, 자랑이다, 하는 것들. 나는 조용히 어금니를 물었다. 이제 더는 누군가의 자랑이나 희망 같은 건 되고 싶지 않았다.

"아, 맞다. 여기다 사인 한 장만 해라."

"네?"

"생각해 보니 네 사인 한 장이 없더라고. 자, 여기."

검정색 마커와 A4 용지를 건네받은 나는 눈을 동그랗게 떴다. 갑자기 사인을 하라고? 당혹스러운 마음에 우물쭈물하고 있자 그사이 남은 시리얼을 다 먹은 담임이 어서 하라며 눈짓을 보냈다.

결국, 재촉에 못 이겨 사인한 A4 용지를 담임에게 내밀 때였다. 문이 열리며 학생 하나가 들어왔다. 반짝이는 은발 머리의 남자애였다. 주위를 두리번거리던 남자애와 눈이 마주친 순간, 깨달았다. 저

애가 바로 서재현이라는 사실을. 담임을 발견한 재현이 예쁜 보조개 미소를 지으며 가까이 다가왔다.

"쌤! 저 왔어요."

"어, 서재현! 오랜만이다? 그간 잘 지냈고?"

"그럼요. 완전 잘 지냈죠. 쌤도 잘 지내셨죠?"

"나야 늘 똑같지. 근데 이게 웬일이야? 너희가 같은 날 학교에 다 오고. 간만에 우리 반 전원 출석이네?"

재현과 나를 번갈아 쳐다보던 담임이 웃으며 말을 덧붙였다.

"참, 둘은 초면이지? 인사해. 이쪽은 다가올 올림픽에서 금메달을 딸 수영 선수 김유영."

아니, 초면에 이런 식으로 소개를 한다고? 당황스러워서 어쩔 줄 몰라 하는데 이어진 담임의 말은 더 가관이었다.

"그리고 이쪽은 미국 빌보드에서 1위를 석권할 그룹 이그니스의 리더 서재현."

"에이, 쌤, 뭐예요! 쑥스럽게. 그러지 마세요."

재현이 뒷머리를 매만지며 해사하게 웃었다. 말로는 그러지 말라고 하지만 입꼬리는 귀에 걸려 내려오지 않고 있었다. 투명할 정도로 속마음이 잘 보여 신기했다. 담임이 재현에게도 마커를 내밀었다.

"그래, 온 김에 너도 사인 한 장 해라. 가보로 간직하게."

"어, 겨우 한 장 가지고 되시겠어요? 제 사인 값 곧 천정부지로 오를 텐데."

"그럼 몇 장 더 해 보던가. 나야 많으면 좋지, 뭐."

마커를 든 재현이 능숙하게 사인을 했다. 팬에게 해 주는 것처럼 멘트까지 적는 솜씨가 예사롭지 않았다. 나는 누가 봐도 아이돌이다 싶은 그의 사인을 지켜보다 담임에게 말했다.

"그럼 전 이만 내려가 볼게요."

이야기는 얼추 다 나눈 것 같으니 돌아가 봐도 될 것 같았다. 무엇보다 재현에게 자리를 비켜 줘야 할 것 같기도 했고. 담임이 시계를 확인하며 고개를 끄덕였다.

"아, 그래. 내려가 봐. 이따 종례 시간에 보자."

꾸벅 인사하고 교무실을 나섰다. 등 뒤로 담임과 넉살 좋게 이야기하는 재현의 목소리가 들렸다. 저세상급 친화력이었다. 나는 수업 시작을 알리는 종소리를 들으며 계단을 내려갔다. 밀려오는 피로에 얼른 교실로 돌아가 책상에 조금이라도 엎드려 있고 싶었다.

뜻밖의 제안

정오가 되자 교실이 활기를 띠었다. 종이 울리기 무섭게 애들은 앞다투어 식당으로 내려갔다. 오늘 점심은 제육이니, 시래깃국이니, 하는 소리가 왁자지껄하게 들렸다. 나는 텅 빈 교실을 둘러봤다. 썰물처럼 애들이 빠져나간 자리엔 나와 다솜, 재현뿐이었다. 다솜이 뒤늦게 자리에서 일어나며 나를 쳐다봤다.

"넌 밥 먹으러 안 가?"

"응. 가져왔거든."

나는 아빠가 챙겨 준 쇼핑백 안에서 도시락을 꺼냈다. 다솜이 도시락 안을 흘끗 들여다보더니 탄성을 질렀다.

"와, 대박! 뭐야? 이거 다 너희 엄마가 싸 주신 거야?"

"아니, 아빠가."

"우아, 완전 능력자시네. 오버 좀 보태서 호텔 셰프급인데?"

나는 조용히 수저를 꺼냈다. 다솜은 여전히 입을 다물지 못하며 부러움 섞인 눈으로 바라봤다.

"좋겠다. 우리 아빠 내 입에 들어가는 고기 한 점도 아까워하는데."

다솜은 부모님이 자신과 오빠에게 들어가는 엄청난 식비에 허리가 휠 지경이라며 구박한다고 했다. 자기가 뭘 얼마나 먹냐며 투덜대는 모습을 보니 서러움이 많은 모양이었다. 나는 잠시 머뭇거리다가 고기 한번 배 터지게 먹었으면 좋겠다는 다솜에게 쓰지 않은 젓가락을 건넸다.

"먹을래?"

아까부터 도시락 속 갈비찜에 눈을 못 떼는 게 신경이 쓰였다. 다솜은 내 제안에 흔들리는 눈빛을 지우려는 듯 눈을 깜빡이더니 고개를 저었다.

"됐어. 딱 1인분이구만 뭘. 난 내려가서 제육이나 먹을래."

다솜이 다이어리를 안고 교실을 나섰다. 남아 있는 재현에게 수줍게 미소를 지은 뒤 나가는 모습이 조금 우스웠다. 나는 젓가락으로 메추리알을 콕 집어 입에 넣었다. 입맛이 없으니 대충 먹고 치워야겠다.

그 순간 옆에서 짧은 헛기침 소리가 들렸다. 돌아보니 재현이 가까이 다가와 있었다.

"부럽다. 난 식단 관리 중인데."

"……"

"자고로 아이돌은 관리가 생명이거든. 그래서 지금 빡세게 다이어 트 하는 중."

스스럼없이 다가온 재현에게 깜짝 놀란 나는 눈을 동그랗게 떴다. 낯을 가리는 나로서는 절대 할 수 없는 행동이었다. 다솜이나 애나 참 친화력이 남다르다. 셰이크 통을 한 손에 든 재현을 가만히 바라 봤다. 나와는 다른 이유로 남아 있는 모습을 보니, 애도 참 피곤한 인생을 살고 있겠구나 싶었다. 하긴, 대중 앞에 서는 직업이니 쉽지 않겠지. 나는 바스러진 메추리알을 꿀꺽 삼키며 젓가락으로 갈비찜 을 집었다.

셰이크를 들이켠 재현이 입가를 닦으며 화제를 돌렸다.

"너 수영 되게 잘하더라?"

갈비찜을 베어 물며 재현을 쳐다봤다. 갑작스러운 칭찬이 뜬금없 었다.

"쌤 말 듣고 영상 좀 찾아 봤어. 무슨 선수권 경기였는데 혼자 압 도적으로 빠르던데?"

또 세계 선수권 이야기다. 내가 압도적인 실력으로 쟁쟁한 선수들 을 제치고 예선 1위를 한 그 영상. 예선을 봤다는 말은, 결선도 봤을 확률이 높다는 뜻이었다. 그게 조회 수가 더 높으니까. 의식이 끊어 지던 순간을 떠올리자 젓가락을 잡은 손에 힘이 들어갔다. 오늘따 라 그 일을 떠올리게 하는 사람이 왜 이렇게 많은지 모르겠다. 나는 입술을 비틀며 젓가락 끝으로 동그랑땡을 콱 찍었다. 하지만 재현은 눈치라고는 전혀 없는지 계속해서 칭찬을 늘어놓았다.

"댓글에 수영 천재니, 대한민국 간판이니 그러던데 진짜 그래 보이더라. 하긴, 그러니까 이 나이에 국가대표가 됐지. 그치?"

심장이 죄여 온다. 결국 나는 젓가락을 내려놓았다. 얼마 먹지도 않았는데 음식이 위에 얹힌 듯한 기분이 들었다.

"아니야."

"어?"

"천재 그런 거 다 아니라고."

나는 조용히 이를 사리물었다. 천재니 뭐니 하며 멋대로 프레임을 씌운 사람들에게 화가 치밀어 올랐다. 사람들은 모른다. 그날이 내게 얼마나 끔찍했는지. 미간에 힘을 준 채 입술을 우그러트렸다. 극도의 긴장감과 부담으로 호흡이 어려웠던 그날의 기억이 가시질 않아 머리가 어질어질했다.

"와… 실력에 이어 겸손까지. 다 갖췄네, 다 갖췄어."

재현이 엄지를 들어 보였다. 나는 기막힌 눈으로 그를 쳐다봤다. 그런 뜻으로 한 말이 아닌데, 자기 좋을 대로 해석하는 게 어이가 없었다.

"미안한데, 할 이야기 더 없으면 그만 가 줄래?"

"어?"

"밥 먹는데 불편해서."

본래 싫은 말을 잘 꺼내지 않지만, 목 끝까지 차오른 거북함에 어쩔 수가 없었다. 재현은 뾰족한 내 반응에 놀란 듯했다. 나는 당황한 그를 두고 부지런히 식사를 이어 갔다. 하지만 내 부탁에도 재현은 자리로 돌아가지 않았다.

"혹시 나한테 더 할 말 있어?"

"아…."

재현이 잠시 뜸을 들였다.

"응. 있어."

그러고는 다솜의 책상에 걸터앉더니 입꼬리를 씩 올렸다.

"아니다, 정확히 말하면 부탁이라고나 할까?"

부탁? 무슨 일인지는 몰라도 벌써부터 들어주기 싫은 마음이 솟구쳤다. 대단한 부탁이라도 되는 양 뜸을 들인 재현이 심호흡을 한 뒤 내 쪽으로 상체를 기울였다.

"나 수영 좀 알려 주라."

"…뭐?"

"내가 이번에 B방송국에서 하는 아이돌 체육대회에 나가거든? 수영 부분으로. 그래서 코치가 필요한데 네가 좀 도와줬으면 해서."

어쩐지. 천재니 뭐니 하며 사람을 왜 추켜세우나 했더니, 다 이것 때문이었다.

"그럼 코치한테 배우면 될 걸 왜 나한테 해 달라는 건데?"

"처음엔 나도 그러려고 했지. 근데 괜찮은 코치들은 다른 애들이 싹 다 선점했더라고. 다들 발이 어찌나 빠르던지."

심각한 투로 말하던 재현이 활짝 웃으며 나를 바라봤다.

"그래서 곤란하던 참에 네가 딱 나타난 거지."

그의 눈이 구세주라도 만난 것처럼 반짝 빛났다.

"게다가 넌 현역 선수니까 코치보다 수영에 대해 더 잘 알 거 아니야? 그러니 코치로 딱이지."

나는 가까이 다가온 재현에게 부담을 느끼며 상체를 뒤로 뺐다. 그리곤 그의 초롱초롱한 눈빛을 피하며 답했다.

"싫어."

"왜?"

"바빠. 그럴 시간 없어."

"에이, 그러지 말고 좀 도와주라. 응? 친구 좋다는 게 뭐야. 다 어려울 때 돕고 그러는 거지."

"친구?"

근래 들어본 이야기 중 가장 황당했다. 하지만 재현은 내 물음에 뭐가 잘못됐냐는 듯 고개를 갸웃거리기만 했다. 결국 보다 못한 나는 손가락 끝으로 그와 날 번갈아 가리켰다.

"너랑… 내가?"

오늘 처음 봐 놓고 친구라니, 말도 안 되는 비약이다. 자신이 필요할 때 이용해 먹으려는 게 친구라면 내 쪽에서 사절이고. 나는 방긋 웃으며 고개를 끄덕이는 그를 빤히 쳐다봤다. 하지만 기막혀 하는 내 반응에도 재현은 주눅 들지 않았다.

"그럼 까짓것 지금부터 친구 하면 되지!"

"…."

"나랑 하자, 친구."

재현이 생글거리며 손을 내밀었다. 나는 그의 손을 못 본 체하며 숟가락을 움직였다.

"난 못 도와줘. 다른 데 가서 알아봐."

시간이 넘쳐 난다면 모를까. 기존 스케줄로도 피곤한 마당에 초면
이나 다름없는 애의 수영을 봐주느라 에너지를 소모하고 싶지는 않
았다. 게다가 지금은 수영을 때려치울지 진지하게 고민하고 있는 상
태가 아닌가. 나는 뜨끈한 국을 한 숟갈 떠서 입에 넣었다.

"내가 진짜 너무 간절해서 그래. 이 대회에 우리 그룹의 운명이 달
려 있다고."

"무슨 체육대회 시합에 그룹 운명이 달려?"

"안 그럼 내가 이렇게 부탁하겠어? 오늘 처음 본 너한테?"

제 딴에도 오늘 처음 본 나에게 부탁하는 게 염치없이 느껴진 모
양이었다. 찔리긴 하나 보지? 나는 한소리 하고 싶은 마음을 꾹 참
으며 숟가락을 내려놓았다. 슬슬 배가 불렀다.

"나 이번 대회에서 우리 그룹 알리는 게 목표야. 그러려면 반드시
1등 해야 된다고."

재현이 애처로운 얼굴로 나를 쳐다봤다. 하지만 무슨 사정이 있든
내 시간을 투자해 도와주고 싶지 않았다.

"아, 제발. 응? 내가 이렇게 진심으로 부탁해도 안 돼?"

진심이고 뭐고, 안 되는 건 안 되는 거다. 나는 침묵을 유지하며
도시락 뚜껑을 닫았다. 재현은 여차하면 바짓가랑이라도 잡을 기세
였지만, 내 마음은 한결같았다. 비에 젖은 고양이 같은 눈빛을 보내
는 그에게 불편함을 느끼며 말했다.

"난 대가 없는 봉사 같은 건 안 해."

그러자 재현에게서 예상치 못한 대답이 흘러나왔다.

"알겠어! 과외비 줄게! 그럼 되잖아. 응?"

과외비? 나는 도시락 통을 정리하던 걸 멈추고 재현을 바라봤다. 당연히 공짜로 가르쳐 달라고 할 줄 알았는데.

"너, 내 조건 맞춰 줄 수 있어?"

"얼마를 원하는데?"

"300만 원."

"3, 300만 원?!"

교실 안에 정적이 내려앉았다. 재현의 눈이 튀어나올 듯 크게 확장됐다. 역시 그럴 줄 알았다. 그 큰 금액을 맞춰 줄 리 없지. 나는 충격에서 헤어 나오지 못하는 그에게 한마디 덧붙였다.

"300만 원 맞춰 주면 해 줄게. 아님 얄짤없어."

돌처럼 굳은 재현을 두고 자리에서 일어났다. 양치를 하러 가야 할 시간이었다.

속마음

　교문에서 학생들이 우르르 쏟아져 나왔다. 나는 하교하는 애들 틈에 섞여 버스 정류장으로 향했다. 다솜은 심화반이라 학교에 좀 더 남아 있는다고 했다. 종일 아이돌 이야기만 하길래 공부와는 담 쌓은 줄 알았는데, 그건 또 아닌 것 같았다.

　정류장에 도착해 전광판을 확인했다. 병원으로 향하는 버스가 곧 도착 예정이었다. 백팩 앞주머니에서 카드 지갑을 꺼내는 순간, 뒤따라온 재현이 볼멘소리를 했다.

　"같이 좀 가자니까 그냥 가냐."

　점심시간부터 끈질기게 따라와 귀찮게 굴더니 기어코 정류장까지 따라왔다. 분명히 거절했는데도 껌딱지가 따로 없었다. 저 멀리 다가오는 버스를 눈으로 쫓으며 대꾸했다.

　"내가 왜 너랑 같이 가야 되는데?"

"잊었어? 우리 친구 하기로 했잖아."

"누구 마음대로?"

"내 마음대로."

씩 웃는 재현을 황당한 눈으로 쳐다봤다. 자기 마음대로 할 거면서 친구 하자는 말은 왜 한 건지 모르겠다. 하고 싶은 말을 꾹 참고, 도착한 버스에 올랐다. 그런데 재현이 뒤따라 타더니 리더기에 카드를 찍었다. 왜 따라 타냐는 무언의 눈빛을 보내자 그가 어깨를 으쓱였다.

"나도 이 버스야."

하필이면. 귀찮은 얼굴로 1인석에 앉았다. 재현은 빈 자리도 많은데 굳이 앞에 서서 짜증을 돋궜다. 나는 버스 손잡이를 붙잡는 그를 탐탁지 않은 눈빛으로 올려다봤다.

"왜 여기 서? 다른 데로 가."

"싫은데? 어디 서 있든 내 마음이지."

그놈의 내 마음. 끓어오르는 화를 다스리며 주먹을 쥐었다. 병원까지만이라도 편하게 가고 싶었는데, 그마저도 할 수 없다는 사실이 절망적이었다. 가면서 몽골이나 떠올리고 싶었는데. 내 유일한 힐링 시간을 방해한 그를 째려보며 불편함을 삼켰다. 재현은 내 반응에 아랑곳하지 않고 생긋 웃으며 질문을 던졌다.

"넌 어디서 내려? 난 일곱 정류장 뒤."

"…"

"응? 어디서 내리냐고. 내 말 안 들려?"

나는 내 쪽으로 얼굴을 가까이 가져다 대는 재현을 보며 미간을 찌푸렸다. 여차하면 귀에 대고 소리칠 기세였다.

"그게 왜 궁금한데?"

"친구니까 궁금하지. 어디 살고, 학교 끝나면 뭐 하는지. 왜, 궁금해하면 안 돼?"

"응. 안 돼."

나는 담담하게 대꾸하며 천천히 바뀌는 풍경을 응시했다. 귓가에 투덜대는 재현의 목소리가 들렸지만 못 들은 척 창밖만 고집했다. 얼마 뒤 시야에 익숙한 전경이 펼쳐졌다. 아빠가 말한 병원이었다. 하차 버튼을 누르고 자리에서 일어났다.

"뭐야, 너 병원 가? 왜? 누구 병문안 가?"

"……."

"아님 어디 아파?"

일어서기가 무섭게 질문이 쏟아졌다. 물음표 살인마야, 뭐야. 귀가 따끔거리는 것을 느끼며 버스 뒷문으로 다가갔다. 기어이 옆으로 따라온 재현이 집요하게 물었다.

"아, 뭔데. 알려 줘. 어디가 아픈데."

"……."

"진짜 말 안 할 거야? 와, 너무한다. 걱정해 주는 사람한테."

너무한 건 하루 종일 쫓아다니며 자신을 귀찮게 하는 그였다. 나는 귀를 틀어막고 싶은 심정으로 뒷문이 열리기를 바라며 발을 까딱였다. 어서 빨리 버스에서 내리고 싶었다.

"근데 아까 한 말, 진심이야?"

"…"

"에이, 농담이지?"

나는 대꾸 없이 차창을 바라봤다. 농담을 좋아하지 않는 편이라, 마음에 없는 말은 입 밖으로 내지 않았다. 내 침묵에서 진심을 느낀 재현이 허, 하고 황당함을 토해 냈다.

"아니, 300만 원은!"

"…"

"300만 원은 좀 너무한 거 아니야?"

울상이 된 그가 입술을 우그러트렸다. 금액이 인간적이지 못하단다. 나는 어마어마한 과외비에 울분을 터트리는 재현을 가만히 쳐다봤다.

"그럼 다른 데 가서 알아봐."

힘들면 다른 곳을 알아보면 그만이다. 나는 허탈한 표정의 재현을 두고 버스에서 내렸다. 옆에서 쫑알거리는 사람이 없으니 살 것 같았다.

병원 건물 안으로 들어서니 특유의 소독약 냄새가 코끝을 찔렀다. 몇 층이라고 했더라. 흘러내린 백팩을 고쳐 메며 병원 안내판을 살펴봤다. 이 지긋지긋한 상담을 또 받아야 한다니. 받아 봤자 나아지지도 않는데. 엘리베이터에 타 3층 버튼을 눌렀다. 잠시 후 문이 열리며 저 멀리 이 세상 누구보다 내 회복을 바라는 사람이 보였다. 나는 활짝 웃으며 손을 흔드는 아빠에게 다가갔다.

상담을 마치고 아빠와 함께 진료실을 나왔다. 효과를 보려면 적어도 15회 이상 진료를 받아야 한다는데, 그다지 기대가 되지 않았다. 의사는 그날 내가 느낀 극도의 긴장과 부담감을 이해한다고 말하면서 시합 공포증은 치료하면 충분히 호전될 수 있다고 했다. 선수들은 누구나 한 번쯤 이런 슬럼프를 겪으며, 이 시기를 잘 넘기면 기록도 전보다 더 좋아질 수 있을 거라고. 하지만 그 말이 썩 와닿지는 않았다. 그건 이전에 진료를 받았던 다른 의사에게서도 들은 말이었다.

차에 올라타 시트에 머리를 기대니, 운전석에 앉은 아빠가 희망찬 목소리로 물었다.

"어때, 이번엔 확실히 좀 다르지?"

"어, 뭐…."

"이쪽 분야에선 권위자라더니, 괜히 하는 말이 아니었네. 유영이네 상태도 단번에 캐치하고. 아, 아쉽다. 더 일찍 상담을 받았어야 했는데."

아빠는 작게 탄식하며 운전대를 붙잡았다. 상담만 받으면 내가 본래의 상태로 돌아올 거라는 확신이 깃든 말투였다. 나는 입가에 미소를 머금은 아빠를 가만히 바라보다가 창문을 열었다.

"참, 학교 이야기를 못 들었네. 오늘 어땠어?"

학교? 바뀐 화제에 눈을 동그랗게 뜨곤 하루를 되짚어 봤다. 전반적으로 나쁘지 않았다. 자꾸 귀찮게 하던 누구 하나만 빼면. 나는 노을 지는 하늘을 바라보며 담담히 답했다.

"괜찮았어."

"역시, 그럴 줄 알았어. 아빠가 분명 즐거울 거라고 했잖아."

그러고 보니 아빠에게 해야 할 말이 있었다. 버스를 타고 오면서 내내 생각한 거였다. 나는 작게 호흡을 가다듬은 후 입을 열었다.

"나 학교 계속 다닐래."

"응?"

"학교 계속 다니고 싶다고."

본래 내일부턴 아시안게임 훈련으로 학교를 다시 빠질 예정이었지만, 그러고 싶지 않았다. 나는 당혹감을 보이는 아빠에게 설명을 덧붙였다.

"당분간 학교 다니면서 머리 좀 식히고 싶어. 대회 부담도 덜어 내고."

말은 그렇게 했지만 사실 다 핑계다. 진짜 이유는 수영을 하기 싫어서니까. 나는 침을 삼키며 아빠의 반응을 기다렸다. 학교에 있으면 연습을 피할 수 있다는 사실이 너무나 매력적인 데다 평범한 또래 애들과 함께 있는 게 좋았다. 몇몇 애들의 시선은 부담스러웠지만, 교복을 입은 애들 속에 섞여 있으면 나 역시 평범한 열여덟 살이 된 기분이 들었다. 성적에 연연하며, 아이돌에 열광하는 지극히 평범한 열여덟 살.

"처음이네. 유영이 네가 먼저 그렇게 말하는 거."

아빠가 뜻밖의 대답을 꺼냈다.

"어?"

"너 원래 뭐 하고 싶다, 아니다, 말 잘 안 하잖아."

맞다. 내게 청춘을 다 바친 아빠를 보고 있으면 내 의사 같은 건 입 밖으로 꺼낼 수가 없었다. 죄책감과 미안함 때문에. 그래서 언제부턴가 속마음을 꾹꾹 누르는 게 당연해졌다.

나는 초조하게 아빠의 대답을 기다렸다.

"알겠어. 대신 딱 오전만이야."

아빠는 잠시 망설이는 것 같더니, 결국 내 뜻을 받아들였다. 오전 연습을 못 하는 게 신경 쓰이는 듯했다. 나는 안도하며 표정을 풀었다. 세계 선수권 때 생긴 시합 공포증이 도무지 나아지지 않아 선수촌을 나온 게 바로 엊그제였다. 아빠가 당분간 서울에서 상담을 받으며 개인 훈련을 하는 게 어떠냐고 제안해서였다. 그래서 별생각 없이 알겠다고 했는데, 그 말을 따르길 잘했다는 생각이 들었다. 선수촌에 있었다면 학교를 핑계로 훈련을 안 하는 사치 따위는 누리지 못했을 테니.

"응. 고마워, 아빠."

고개를 끄덕이며 열린 창 너머로 얼굴을 내밀었다. 뺨에 스치는 바람이 조금 달콤하게 느껴졌다.

계약 체결

다음 날, 일찌감치 등교한 나는 교실 문을 열었다. 아무도 없는 빈 교실에 흐르는 적막감이 마음에 들었다. 백팩을 벗어 두고, 자리에 앉아 교실을 두루 둘러봤다. 30개가 안 되는 책상 위에는 참고서와 담요들이 너저분하게 널려 있었다. 그 모습을 보고 있자니, 문득 체고가 아닌 일반고로 진학하길 잘했다는 생각이 들었다. 물론 중학교 때는 변변한 상장 하나 없을 정도로 수영 성적이 좋질 못해 체고는 꿈도 꾸지 못했지만. 턱을 괸 채 깨끗한 칠판을 바라봤다.

수영 실력이 폭발적으로 상승한 것은 작년 여름 즈음부터였다. 코치님의 조언으로 영법(헤엄치는 방법)을 바꿨는데, 서서히 몸에 배이니 정체돼 있던 기록에 변화가 생기기 시작했다. 기록이 나날이 단축되자 아빠와 코치님이 뛸 듯이 기뻐했던 게 기억이 난다.

그 후로부터 한 번도 입상한 적이 없던 내가 단상에 오르는 횟수가 나날이 늘어갔다. 그러다 대대적으로 스포트라이트를 받게 된 것은 올해 초 봄, 김천에서 열린 국가대표 선발전에서였다. 작년 전 국 대회에서도 기록이 부쩍 단축돼 기대를 하긴 했지만, 터치 패드 를 찍고 전광판에서 기록을 확인한 순간엔 나조차도 믿기지가 않았 다. 여자 자유형 400m 부분 한국 신기록이었다. 그것도 전 신기록 을 말도 안 되게 앞당긴. 나는 그때 느낀 전율을 떠올리며 턱을 괸 손을 풀고 팔짱을 꼈다.

'그래, 이거지! 이거라고! 우리 딸 너무 잘했어. 너무너무 잘했어!'

아빠는 나를 으스러지게 끌어안고 방방 뛰었다. 그제야 아빠에게 진 빚을 조금 갚은 것 같다는 생각이 들었다. 직장까지 관두고 나를 보살펴 주는데도 기록이 나오지 않아 매번 눈치가 보였으니까. 그러 니 이제는 됐다고, 더는 아빠에게 미안해하지 않고 떳떳하게 지내도 되겠구나 싶었다. 다 잘될 거라는 자신감도 잠깐 가졌던 것 같다.

모두의 관심과 기대가 나를 짓누르기 전까지.

한국 신기록을 세운 후부터 언론에서는 본격적으로 나를 띄우기 시작했다. 내로라하는 정상급 선수들의 기록과 내 기록을 비교하며 세계 선수권에서의 메달이 확실한 것처럼 굴었다. 아직 한참 남은 올 림픽에서도 메달을 딸 것처럼 기사화했다. 그 관심을 겪고 나니, 그 동안 내가 받았던 부담은 아무것도 아니라는 사실을 깨달았다. 나를 버겁게 만든다고 생각했던 아빠의 기대는 새 발의 피에 불과했다.

다행히 세계 선수권 대회 초반엔 어찌어찌 부담감을 이겨 내고 좋 은 성적을 받았다. 물론 정상급 선수들이 부상과 기권으로 출전하지 않았고, 다른 선수들은 예선이라는 이유로 경기에 힘을 뺄 터라 운이 좋았다.

어쩌면 결선 날 그런 일이 벌어진 건 예고된 일이었을지도 모른다.

'테이크 유어 마크스(take your marks).'

지난 일이 어제 일처럼 생생하다. 스타트 신호와 함께 멀어지던 의식, 힘없이 고꾸라지던 몸, 뒤이어 울려 퍼지던 경기 중단 신호까지. 나는 상체를 앞으로 숙이며 손으로 가슴을 짚었다. 다시금 명치가 당기며, 머릿속이 하얗게 탈색됐다.

가슴에 손을 얹은 채 조각 난 숨을 토해 내는데, '드르륵' 하며 교실 앞문이 열렸다. 고개를 드니, 한쪽 어깨에 백팩을 걸쳐 멘 재현이 의기양양한 얼굴로 서 있었다.

"하자, 연습."

뛰어온 건지 상기된 얼굴에는 기쁨이 가득 서려 있었다. 내가 무슨 말인지 이해하지 못하고 앉은 자리에서 멀뚱히 눈만 깜빡이고 있자 재현이 가까이 다가와 말했다.

"네 제안 받아들이겠다고."

믿기지 않는 이야기에 설핏 미간을 찌푸렸다. 300만 원이 필요하긴 했지만, 솔직히 기대하지 않고 던진 말이었다. 그런데 하룻밤 사이에 돈을 마련했고, 나한테 코칭을 받겠다니. 뺨을 한 대 맞은 것처럼 얼떨떨했다.

"…진심이야?"

나는 시원스레 입꼬리를 올리는 재현을 빤히 쳐다봤다. 대체 그

큰 금액을 어떻게 그리 빨리 마련한 건지 싶었다. 하지만 재현은 실실 웃기만 할 뿐 속 시원하게 대답해 주지 않았다.

"응. 회사에서도 허락했어. 그럼 이제 우리 연습하는 거지?"

물론 그렇게 약속하긴 했다만 이 상황이 믿기지가 않아 대답이 나오지 않았다. 하지만 정말로 재현이 돈을 마련했다면, 더는 거절할 이유가 없었다. 꿈에 그리던 300만 원을 마련할 수 있는 절호의 기회니까. 이제 더는 집안 물건을 중고 거래 마켓에 몰래 팔지 않아도 된다. 더는 돈 때문에 전전긍긍해하지 않아도 된다.

작은 희망이 솟아오르는 것을 느끼며 다시 한번 확인차 미심쩍은 얼굴로 재현을 추궁했다.

"진짜 300만 원을 내고 나한테 수영을 배우겠다고?"

"어. 믿기 힘들면 계약서도 쓸 수 있어."

그제야 조금 신뢰가 생겼다. 계약서까지 쓴다고 나오는데 거짓말일까. 만약 이렇게까지 했는데 300만 원을 주지 않고 튄다면 내가 애를 어떻게 할지 모르지만. 최악의 상황을 가정하며 조용히 주먹을 쥐는데, 재현이 책상 끝에 걸터앉으며 말을 이었다.

"근데 조건이 하나 있어."

"조건?"

"응. 날 무조건 1등으로 만들어야 돼."

1등? 눈을 크게 뜨고 응시하자, 금세 을에서 갑으로 돌변한 재현이 머리를 쓸며 눈썹을 까딱였다.

"생각해 봐. 그게 아니면 내가 300만 원이라는 거금을 내고 너한테 레슨받을 이유가 없잖아?"

하긴, 300만 원이 뉘 집 강아지 이름은 아니니까. 한 달 수영 레슨비로 300만 원은 내가 생각하기에도 엄청난 금액이었다. 나는 재현의 조건을 두고 차분하게 생각했다. 만약 그를 1등으로 만들지 못하면 300만 원은 날아가겠지만, 그럼에도 해 볼 만하다는 생각이 들었다. 대회라고 해 봤자 아이돌끼리 겨루는 거잖아. 프로 선수들끼리 붙는 것도 아니니, 한 달간 특훈하면 충분히 가능성이 있었다. 대회에 나간다고 하는 걸 보면 기본기도 어느 정도는 있을 테고. 나는 재현을 1등으로 만들 방법을 고민하며 빠르게 머리를 굴렸다.

그 순간, 귓가에 나지막한 목소리가 들렸다.

"그래서, 어떻게 할래?"

의견을 묻는 목소리가 더없이 달콤하게 느껴졌다. 나는 고개를 들었다. 더 물어볼 것도, 생각할 것도 없었다.

"언제부터 하면 돼?"

재현이 대답 대신 입꼬리를 올렸다. 계약이 체결되는 순간이었다.

심야의 비밀 수영 클럽

그날 점심, 오전 수업을 마치고 학교를 나서는데 재현이 뒤를 따랐다. 행사 핑계로 조퇴하더니 같이 가야 할 곳이 있다고 했다. 마침 오늘은 아빠가 데리러 오지 않는 날이라 나는 재현을 따라 나섰다.

"어디 가는데?"

"한 달 동안 우리가 수업할 곳. 딱 적당한 데가 있거든."

재현과 스케줄을 맞춰 본 결과 수업이 가능한 시간은 심야밖에 없었다. 그런데 대부분의 수영장은 그 시간까지 운영하지 않아서 어떻게 해야 할지 고민하던 참이었는데, 수업을 할 만한 곳이 있다니. 그를 따라 버스에 오르며 물었다.

"어딘데? 심야에 운영하는 수영장이 있어?"

대답 대신 우쭐한 미소를 지은 재현이 창밖을 내다봤다. 얼마 뒤, 그와 함께 도착한 곳은 시립 체육관 앞이었다. 재현은 근처 편의점에서 자양강장제 한 박스를 구매한 뒤, 나를 체육관 관리실로 이끌었다.

"안 돼."

남산만 한 배를 가진 남자가 딱 잘라 거절했다. 재현의 부탁이 터무니없다는 표정이었다. 그는 헤진 경비원 모자를 벗었다 쓰며 미간을 찌푸렸다.

"삼촌, 제발. 응? 내 커리어가 달린 문제란 말이야. 나 이거 안 되면 끝이야. 내 아이돌 인생 완전 쫑나는 거라고."

나는 멀찌감치 떨어져 삼촌의 팔에 달라붙은 재현을 바라봤다. 심야에 운영하는 수영장이 없으니 시립 체육관 경비원인 삼촌을 설득해 수영장을 몰래 이용할 생각인 것 같았다. 뭐, 가능성은 희박해 보이지만.

"커리어고 뭐고 안 돼. 왜 운영 시간도 아닌 야밤에 수영을 하겠다는 건데?"

"그때밖에 시간이 안 되니까 그렇지! 그래서 삼촌한테 부탁하는 거잖아. 삼촌은 그냥 문만 열어 줘. 아무도 모르게 조용히 연습만 하고 나올게. 그러면 되잖아. 응?"

재현이 그렁그렁한 눈빛으로 삼촌을 쳐다봤다. 하지만 돌아온 답변은 냉랭했다.

"그랬다가 다른 사람들한테 들키면 어쩔 건데. 책임은 다 내가 지는 거야. 여차하면 옷 벗어야 된다고."

재현의 손을 뿌리친 삼촌이 푹 꺼진 의자에 앉아 일회용 젓가락을 들었다. 비좁은 테이블 위엔 김이 모락모락 나는 컵라면이 황홀한 냄새를 풍기고 있었다. 그는 젓가락으로 덩어리진 면발을 풀며 퉁명스럽게 대꾸했다.

"게다가 다 큰 애들 둘이 야밤에 수영을 한다는데, 세상에 어떤 어른이 허락을 하겠냐?"

삼촌이 나와 재현을 번갈아 보며 코웃음을 쳤다.

"거기서 무슨 짓을 할 줄 알고."

의심 짙은 눈빛에 나와 재현의 미간이 동시에 찌푸려졌다. 이건 건전한 우리의 의도를 완전히 폄하하는 발언이었다.

"그런 거 아니거든? 우린 그냥 순수하게 수영만 할 거거든?"

발끈한 재현이 목소리를 높이며 내게 눈짓으로 도움을 요청했다. 내내 병풍처럼 서서 침묵으로 일관하던 나는 정신없이 면발을 흡입하는 삼촌에게 다가가 조심스레 입을 뗐다.

"전 돈 때문에 얘한테 수영 가르쳐 주려는 거지 다른 마음 없어요. 그럴 여유도 없고요."

그는 내 말은 들은 척도 하지 않고, 바쁘게 입을 움직였다. 나는 면발이 목구멍으로 넘어가는 소리를 들으며 덧붙였다.

"그냥 딱 수영만 가르쳐 줄 거예요. 그리고 정 의심스러우면 CCTV로 확인하시면 되잖아요. 저희가 정말 불순한 의도로 수영장을 이용하는지 아닌지."

삼촌이 라면 국물이 묻은 입술을 손등으로 훔치며 나를 빤히 쳐다봤다. 퀭한 눈빛이었지만 꿰뚫을 듯 강렬했다. 그때 재현이 몸이

움츠러든 내 옆으로 다가와 말을 보탰다.

"그래! 감시해! 우린 떳떳하니까. 어디 한번 지켜보라고."

재현은 관리실 안에 가득한 CCTV 화면들을 가리키며 허리에 손을 올렸다. 우리의 합동 공세에 침묵하던 삼촌이 반응을 보인 것은 그로부터 몇 분 뒤였다. 그는 우리를 관리실 밖으로 밀어낸 뒤 문을 잠갔다.

"아, 삼촌! 진짜 이러기야?! 하나뿐인 조카한테 너무한다, 진짜! 자꾸 이러면 나 삼촌 안 본다? 나중에 후회하기 없기야?"

재현이 문을 두드리며 발광을 해도 소용없었다. 쫓겨난 우리는 유리창 너머로 해외 축구 경기를 시청하며 다시 면발을 흡입하는 삼촌을 흘긋거렸다. 그의 머릿속에서 우리는 완전히 잊힌 듯했다. 나는 벽에 몸을 기대며 재현에게로 시선을 돌렸다.

"이제 어떡할 거야?"

"글쎄."

시무룩해진 재현이 스니커즈 앞코로 대리석 바닥을 문질렀다.

"아무리 생각해도 이거 말고는 방법이 없는데."

그가 머리카락을 헝클어뜨리며 앓는 소리를 낼 때였다. 별안간 문이 벌컥 열리더니 삼촌이 모습을 드러냈다. 풍선 같은 배를 두드리며 트림을 한 삼촌은 우리에게 들어오라고 턱짓을 했다. 꺼진 희망에 다시금 불이 붙는 순간이었다. 나는 승리의 미소를 짓는 재현을 따라 관리실 안으로 들어갔다.

모든 일이 순조롭게 진행되고 있다고 믿으며.

❖

　그날 밤, 첫 수업을 위해 수영장에 올 때까지 나는 300만 원을 가질 꿈에 부풀어 있었다. 재현이 맥주병이라는 사실도 모르고. 하아. 레인 끝에 선 나는 사각 수영 팬츠를 입은 재현을 못마땅하게 쳐다보며 이마를 짚었다. 겉모습만 선수 같으면 뭐 해? 수영은 하지도 못하는데.

　"일단, 물에 뜨는 것부터 시작하자. 자, 받아."

　나는 노란색 킥판을 재현에게 던졌다.

　"에이, 이런 건 수영 초짜들이나 쓰는 거 아니야?"

　이건 또 무슨 소리래. 나는 입으로 바람 빠지는 소리를 내며 그를 힐난했다.

　"그래. 그게 바로 너야. 수영 초짜."

　"그래도 그렇지, 이게 뭐야. 가오 안 살게."

　툴툴거린 재현이 마음에 안 든다는 듯 킥판을 만지작거렸다.

　"그냥 바로 본론으로 들어가자. 나 자유형 하는 법 좀 알려 주라. 응? 하는 법은 영상으로 대충 터득하긴 했는데."

　허. 이거 봐라. 나는 팔짱을 단단히 꼈다. 영상 몇 개 보고 수영을 할 줄 아는 듯 구는 재현의 모습이 어이가 없었다.

　"수영이 무슨 인스턴트인 줄 알아? 한 번 본 걸로 뚝딱 하게?"

　"에이, 나 운동 신경 좋다니까? 알려 주면 금방 따라할걸?"

　허세도 이런 허세가 있을 수 없다. 나는 미간을 찌푸리며 자신만만한 재현에게서 킥판을 빼앗고는 레인을 가리켰다. 수영이 얼마나 만만치 않은 운동인지, 아무래도 몸으로 직접 깨닫게 해 줘야 할 것 같았다.

"그래, 좋아. 만약 네가 개헤엄을 치든 뭐든 해서 10m라도 가면, 바로 자유형 알려 줄게."

"콜."

씩 웃은 재현이 물안경을 착용하곤 심호흡을 했다. 시합을 앞둔 선수처럼 비장한 표정이었다. 잠시 뒤, 그는 근사한 미소를 뽐내며 호기롭게 물속으로 들어갔다.

결과는 예상한 대로였다. 어디선가 본 자유형 동작을 어설프게 따라하던 재현은 잠수함마냥 바닥으로 가라앉았다. 물에 뜨는 법을 모르니 당연한 일이었다. 물 바깥에서 그 모습을 지켜보던 나는 한숨을 내뱉으며 다이빙했다. 결국 내 도움으로 빠져나온 재현은 캑캑거리며 물안경을 벗더니 내 팔을 덥석 붙잡았다.

"나 등 좀 두드려 줘."

가지가지 한다, 정말. 나는 재현의 등을 두드리며 고개를 절레절레 흔들었다. 예상은 했지만 정말 수영 한 번에 너덜너덜해진 모습이 어처구니가 없었다. 그러게 왜 겁도 없이 뛰어들어서는.

"이제 알겠지? 우린 갈 길이 아주 멀다는 걸."

나는 물을 다 게우고 바닥에 늘어져 있는 재현에게 다시 킥판을 안겼다.

"각오 단단히 해. 난 어떻게든 널 1등으로 만들 거니까."

300만 원을 위해서라면 그 어떠한 노력도 불사할 각오가 돼 있었다. 그러자 잠자코 듣고 있던 재현이 상체를 일으켰다.

"근데 말이야. 전부터 궁금했는데."

그가 착 달라붙은 머리를 마구잡이로 털며 말을 이었다.

"300만 원 모으면 그 돈으로 뭐 할 거야?"

"응?"

꿈에 그리던 300만 원을 손에 쥐고 자유로워지는 상상을 하고 있던 나는 퍼뜩 정신을 차렸다. 재현이 호기심 가득한 눈으로 나를 쳐다보고 있었다.

벼랑 끝 단상

옛말에 뛰어난 스승 밑에 뛰어난 제자가 있다고 했다. 훌륭한 제자는 훌륭한 스승의 가르침으로 나온다는 뜻이다. 그러니 재현의 실력 상승은 전적으로 스승인 나에게 달려 있었다.

보면 운동 신경은 있는 듯한데. 나는 남자애들과 농구를 하는 재현을 눈으로 쫓으며 코칭 방법에 골몰했다. 체육 시간 내내 앉아 있는 나와 달리 그는 실내 체육관 안을 쉼 없이 뛰어다니고 있었다.

'휙-!'

단숨에 세 명을 제치고 3점 슛을 성공시킨 재현이 나를 향해 웃었다. 뭐야, 왜 웃어. 당황한 내가 눈썹을 세우며 그를 쳐다볼 때였다. 옆에 앉아 문제집을 풀고 있던 다솜이 불쑥 말을 걸었다.

"넌 좋겠다."

"응?"

"하루 종일 하고 싶은 것만 하잖아. 난 맨날 하기 싫은 것만 하는데."

다솜이 샤프로 미적분 문제집을 콕콕 찍으며 푸념했다.

"나도 좋아하는 것만 하고 싶어. 이런 쓸데없는 계산 같은 거 말고."

문제집을 넘겨 답안을 확인하던 다솜은 한숨을 쉬었다. 자유 시간이 주어진 체육 시간에도 공부를 하더니 현타가 온 것 같았다. 나는 풀이 죽은 다솜을 지켜보다 입을 열었다.

"나 수영 그만둘지도 몰라."

"뭐? 왜?"

"더는 하고 싶지 않아서."

불쑥 내뱉고 나니 심장이 두근거렸다. 남에게 이런 사적인 이야기를 스스럼없이 털어놓은 건 처음이었다. 나는 나보다 놀란 다솜을 바라보며 멋쩍음을 숨겼다. 아무래도 나를 다른 친구들과 다름없이 대해 주는 그녀의 태도 때문에 마음이 편해진 것 같았다. 날 특별한 사람으로 대하지 않는다는 사실이 좋아서. 눈을 동그랗게 뜬 다솜이 이내 자그마한 목소리로 물었다.

"수영이 싫어졌어?"

"그보단 버거워졌어."

수영이 싫어진 건 아니었다. 다솜은 담담한 내게 안쓰러운 눈빛을 보내더니, 체육복 주머니 안에서 레몬 사탕 두 개를 꺼냈다.

"그 마음 알 것 같아. 우리 부모님도 성적 가지고 엄청 닦달하거든. 등급 하나 떨어지면 완전 뒤집어져."

그래서 쉬는 시간에도 쉬지 않고 문제집만 푸는 건가. 나는 오도 독 소리를 내며 사탕을 씹어 먹는 다솜을 따라 포장지를 벗겼다. 새 콤달콤한 레몬향이 입안에 가득 퍼졌다.

"아빠가 나한테 수억 썼다고 나중에 꼭 효도하래. 웃겨, 진짜. 완 전 나한테 효도 맡겨 놨다니까? 내가 과외 시켜 달라고 한 것도 아 닌데."

구시렁대던 다솜이 불쑥 화제를 돌렸다.

"수영 그만두면, 그다음엔 뭐 할 거야?"

그다음엔? 혀로 사탕을 굴리던 나는 다솜과 눈을 맞췄다. 문득 어 제 비슷한 눈빛으로 나를 쳐다보던 재현이 떠올랐다. 잠시 고민하다 가, 오랫동안 품어 온 마음을 꺼냈다.

"떠날 거야. 아주 멀리."

차창 너머로 '인천 공항 방면'이라고 적힌 표지판이 보였다. 무료하 게 전방을 응시하던 나는 눈을 동그랗게 떴다. 공항이라는 단어에 심장이 세차게 뛰었다. 창문에 머리를 바싹 붙이고, 가까워지는 표 지판을 뚫어지게 응시했다. 하지만 차는 당연하다는 듯 표지판을 지나쳐 직진했다. 당연한 일이었다. 지금은 후원을 제안한 모 브랜드 사옥에 가는 길이니까.

"단상엔 네가 서는 건데, 왜 아빠가 더 떨리냐. 응?"

운전대를 쥔 아빠가 흥분을 감추지 못하며 몸을 들썩였다. 나는 좋아서 어쩔 줄 모르는 아빠를 보며 조용히 자세를 바로 했다.

얼마 전 모 스포츠 브랜드 홍보팀에서 연락이 왔다. 국가대표 선발전에서의 활약을 인상 깊게 봤다며 후원을 하고 싶다고 했다. 내 장래성을 크게 칭찬하자 아빠는 뛸 듯이 기뻐했다.

'수영에 드는 모든 비용을 일체 지원해 주겠대. 매달 생활비에 품위 유지비까지 주고. 어때, 대박이지?'

계약 소식을 들었을 때 가장 먼저 든 감정은 두려움이었다. 후원을 받게 되면 수영을 마음대로 그만둘 수 없을 테니까. 게다가 지원을 받는다는 건 곧 그만큼의 실력을 증명해야 한다는 뜻이었다. 기업에서도 장래 없는 선수에게 돈을 투자하고 싶진 않을 테니. 하지만 아빠는 내 의사와 상관없이 제안을 승낙했고, 나는 뒤에서 아무런 말도 꺼내지 못했다. 후원비로 빚을 갚으면 되겠다는 말을 들어서였다. 대부분의 빚이 나로 인해 생겼다는 걸 알기에, 차마 후원을 받고 싶지 않다는 말을 할 수가 없었다.

차가 목적지에 가까워지는 것을 느끼며 눈을 감았다. 지끈거리는 머리를 조금이라도 식히고 싶었다.

얼마 뒤, 우리는 빌딩 앞에 도착했다. 정문에 서 있던 홍보팀 실장이 사무실로 안내했다. 그는 나에게 후원 협약식 진행 순서를 간단하게 설명하며 빙그레 웃었다.

"긴장할 거 없어요. 간단히 사진 몇 장 찍고, 인터뷰 몇 개만 할 거예요."

브랜드 측에서 준비한 운동복으로 갈아입고, 후원 체결식이 열리는 대강연장으로 향했다. 강연장 안에는 꽤 많은 기자가 자리를 잡고 있었다. 카메라 플래시를 받으며, 단상 위에 올랐다. 단상 뒤 현수막에는 브랜드 로고와 함께 '도전은 언제나 즐겁다!'라는 슬로건이 적혀 있었다. 다 헛소리. 도전 따위 한 번도 즐긴 적이 없었다는 건, 늘 절벽 끝에 몰린 기분이었다는 건 아무도 모르겠지. 문득 이 슬로건과 가장 잘 맞는 사람이 나라고 생각해 꼭 후원을 하고 싶었다던 실장의 말이 떠올라 코웃음이 나왔다. 나는 사회자의 안내에 따라 후원 협약 증서를 들고 플래시 세례를 받으며 억지 미소를 지었다.

곧 사진 촬영이 끝나고 인터뷰가 시작됐다. 기자 여러 명이 한꺼번에 손을 들자 사회자가 차례로 질문을 받았다. 나는 질문하기 위해 혈안이 된 기자들을 보며 마른 침을 삼켰다. 세계 선수권 결승 직후 숙소로 돌아가려는 내게 벌떼처럼 달려들던 기자들의 모습이 오버랩됐다.

'갑작스럽게 의식을 잃어서 화제가 됐는데, 컨디션에 문제가 있었나요?'

'쓰러진 가장 큰 이유가 뭐라고 생각해요? 지금 몸 상태는요?'

'파란만장하게 첫 국제 대회를 마무리하게 됐는데 기분이 어때요?'

'결승에서 메달을 기대한 분들이 많았는데, 응원해 주신 분들께 한마디만 해 주세요!'

수십 가지의 질문이 화살처럼 쏟아지며 머리가 핑글핑글 돌았다.

극심한 두통이 몰려오며 심장이 불규칙적으로 쿵쾅거리기 시작한 것은 당연한 일이었다. 호흡이 가빠져 와 고개를 숙이는데 사회자의 목소리가 들려왔다.

"유영 선수?"

휘발돼 사라지던 의식이 겨우 제자리로 돌아왔다. 나는 사회자의 부름에 겨우 정신을 다잡으며 눈을 깜빡였다. 수십 대의 카메라가 여전히 나를 향해 플래시를 터트리고 있었다. 간신히 호흡을 가다듬고 천천히 시선을 돌렸다. 저 멀리 감격한 얼굴로 나를 지켜보는 아빠의 모습이 보였다.

배부른 소리

  팔을 앞으로 뻗어 물살을 가르며 부드럽게 유영했다. 물로 가득 찬 귓속에서 웅웅거림이 느껴졌다. 꼭 물이 내게 말을 걸고 있는 것 같다. 한 번도 무슨 뜻인지 알아듣지 못했지만. 팔꿈치를 높게 들고 손을 수면에 넣어 반원을 그린 후, 고개를 측면으로 돌려 짧게 호흡했다. 수천 번, 아니, 수만 번을 연습한 동작이었기에 몸은 당연한 듯 유연하게 움직였다. 나는 발등과 발목을 편 상태로 물을 뒤로 차듯 밀어내며 거침없이 앞으로 나아갔다. 레인 끝에 도착한 건 눈 깜짝할 사이였다. 물안경을 들어올리며 고개를 돌렸다. 재현이 물 밖에 서 있었다.

  "봤지? 이렇게 허벅지 구부리지 말고, 웨이브하듯이 발끝으로 발차기를 하라고. 알겠어?"

  시범까지 보였으니 이제 이해가 됐겠지.

"아니, 전혀 모르겠는데."

"뭐?"

벌써 몇 번이나 설명하고, 시범까지 보여 줬는데! 그런데도 전혀 모르겠다고 말하는 게 어처구니가 없었다. 나는 머리를 긁적이는 재현을 올려다보며 물었다.

"왜 몰라? 방금 내가 하는 거 봤잖아."

"아, 그래도 모르겠는 걸 어떡하냐? 내가 하는 거랑 별 차이 없는 것 같은데 뭐."

참 나. 자신의 엉망진창 발차기와 나의 수준급 발차기를 동급으로 여기는 재현을 보며 헛웃음이 나왔다. 이 수영 열등생을 대체 어떻게 해야 할까?

"알겠어. 들어와. 다시 알려 줄 테니까."

아무래도 다시 차근차근 설명해 줘야 할 것 같았다. 그러자 멀뚱히 서 있던 재현이 질색하며 손으로 엑스 자를 만들었다.

"안 돼. 나 힘들어. 회복하려면 시간이 좀 필요해."

"뭐? 너 연습도 별로 안 했잖아."

"안 하길 뭘 안 해. 지금까지 빡세게 했는데. 더는 못 해."

멋대로 레인 끝에 앉아 버린 재현이 고개를 도리도리 저었다. 한 것도 없으면서 쉬려는 태도가 황당하기 그지없었다. 나는 멋대로 퍼져 버린 그를 못마땅하게 바라보다 물 밖으로 나왔다.

"참, 기사 봤어. 너 완전 쩌는 데랑 계약했더라?"

물장구를 치던 재현이 불쑥 후원 이야기를 꺼냈다. 그새 기사가 올라간 모양이었다. 재현과 조금 떨어진 곳에 앉은 나는 낮에 있었던 일을 떠올리며 급격히 표정을 굳혔다.

"아~ 좋겠다. 대기업에서 지원도 다 받고. 완전 스타네, 스타."

하지만 재현은 내 반응에도 불구하고 마냥 부러워했다.

"이제 막 여기저기에서 화보랑 광고 제의 쏟아지는 거 아니야? 전광판에 얼굴 딱 걸리고."

가뜩이나 노출되는 게 싫은데 광고라니. 전광판에 등장한 내 모습을 상상하자니 메스꺼움이 절로 올라오는 것 같았다.

"난 스타 아니고, 광고니 뭐니 그런 것도 다 안 할 거야."

"왜? 그 좋은 걸 왜 안 해?"

"불편하고 부담스러워. 카메라 앞에 서는 것도 딱 질색이고."

오늘 같은 경험은 두 번 다시 하고 싶지 않았다. 나는 아랫입술을 깨물며 자리에서 일어났다. 물안경을 벗는 내 뒤에다 대고 재현이 낮게 혀를 찼다.

"배가 불렀네. 불렀어."

"뭐?"

"그것 참 배부른 소리라고."

재현의 말이 송곳처럼 가슴을 파고들었다. 잘 알지도 못하면서, 사람을 호강에 겨운 것도 모르고 투정을 부리는 모양새로 취급한다. 갑작스러운 공격에 멍하니 입을 벌리다가 뾰족하게 대꾸했다.

"그럼 네가 하면 되겠네. 혼자 많이 찍어. 광고든 화보든."

"그것도 시켜 줘야 하지. 아무도 안 불러 주는데 혼자 어떻게 해?"

재현이 입을 삐죽 내밀며 세게 물장구를 쳤다.

"광고는커녕 행사도 안 불러 줘. 마지막 행사가 언제더라. 넉달 전이었나?"

머리를 긁적이며 달을 세어 보던 재현이 한숨을 쉬었다. 그러다가 불편한 얼굴로 서 있는 내게 다정한 목소리로 말했다.

"암튼 카메라 앞에 또 설 일 생기면 말해. 제대로 코치해 줄 테니까. 내가 그런 쪽으론 프로거든. 하도 연습을 많이 해서."

애써 웃는 모습에서 씁쓸함이 느껴졌다. 나는 날이 서 있던 마음을 누그러트리며 입을 다물었다. 거울 앞에서 홀로 연습했을 모습이 그려져 더 쏘아붙일 수 없었다.

재현이 수영모를 벗으며 화제를 돌렸다.

"계약도 했겠다, 이젠 300만 원에 목맬 필요 없겠네?"

"뭐?"

"후원 받는다며. 그럼 돈 문제는 해결된 거 아니야? 몽골인지 어딘지로 여행도 갈 수 있겠네."

몽골. 듣기만 해도 가슴이 벅차오르는 단어였다. 나는 끝도 없이 펼쳐진 초원과 쏟아질 듯한 별들, 귓가를 간질이는 바람을 떠올리다가 이내 지워 버리듯 고개를 저었다.

"그 돈 다 우리 집 빚 갚는 데 들어가. 그러니까 벌어야 되고."

"뭐야. 너 대회 상금이랑 협회 포상금 같은 거 받지 않았어? 그거 다 빚 갚는 데 들어간 거야?"

"그걸로는 턱도 없어. 지금까지 나한테 들어간 돈이 얼만데."

한 달에 수백씩 들여 유능한 코치진을 붙이고, 반년마다 수영 단기 유학도 떠났다. 개별 피트니스 트레이닝에, 회당 10만 원이 훌쩍 넘는 멘탈 케어는 말할 것도 없었다. 전부 나를 세계 최고의 수영 선수로 만들기 위해서였다.

"하긴, 솔직히 좀 이상했어. 너 정도면 상금이니 후원금이니 해서 돈깨나 벌었을 텐데 왜 여행 갈 돈이 없나 했거든."

내 사정이 그제야 이해가 된다는 듯 고개를 끄덕이는 재현을 보며 나는 한 번 더 정정했다.

"그리고 나 몽골로 여행 가는 거 아니야."

"그럼?"

"도피, 아님 도주."

재현은 도무지 이해가 안 된다는 듯 미간을 모았다. 나는 개의치 않고 원대한 계획을 설명했다.

"나 거기서 살 거야. 이번 아시안게임 잘 안 풀리면."

몽골은 내게 쥐구멍이었다. 시합을 망쳤을 경우 가족과 대중으로부터 도망칠 수 있는 쥐구멍. 재현에게 300만 원을 받으면 울란바토르행 비행기 값과 정착금으로 쓸 예정이었다. 그 정도면 넉넉하지는 않아도 어느 정도 버틸 수 있을 테니까. 뭐, 그다음은 어떻게든 되겠지. 설마 몽골에 일할 곳 하나 없겠어? 나는 몽골에서의 자유로운 생활을 상상하며 숨을 크게 들이쉬었다.

"왜 벌써부터 못할 걸 생각해? 잘할 생각을 해야지. 저번부터 느낀 건데, 넌 묘하게 부정적이더라."

"…부정적인 게 아니라 현실적인 거거든?"

"네네, 그러세요."

또 한 번 심기가 뒤틀린 나는 재현을 매섭게 노려봤다. 시합 공포증을 전혀 극복하지 못한 지금, 경기를 망칠 확률이 가장 높은데도 그걸 이해하지 못하고 되레 나를 비난하는 그가 괘씸하게 느껴졌다. 나는 하릴없이 물장구를 치고 있는 재현에게 잔소리를 날렸다.

"왜 놀고 있어? 연습 빨리 안 해?"

"안 그래도 지금 할 거거든."

재현이 도망치듯 수영모와 물안경을 들고 물속으로 풍덩 들어갔다. 나는 다시금 연습할 준비를 하는 그를 보며 입술을 물었다. 재현의 말에 찔린 가슴이 콕콕 아려 왔다.

불편한 친절

오늘 점심도 여지없이 아빠표 도시락이었다. 나는 밥을 먹으며 텅 빈 교실에서 사진 촬영에 열심인 다솜과 재현을 구경했다. 아이돌이라는 공통 관심사로 친해진 두 사람은 다솜이 재현의 포토그래퍼를 자처하며 더욱 가까워졌다.

"응, 그렇지. 시선은 이쪽 보지 말고. 좋아, 됐다."

다솜의 요구대로 포즈를 바꾸던 재현이 쪼르르 달려와 휴대폰을 확인했다. 입가에 미소가 드리운 걸 보니 사진이 마음에 드는 것 같았다. 재현이 크게 감탄하며 엄지를 들어 올렸다.

"너 완전 능력자다. 진짜 포토그래퍼가 찍어 준 것 같아."

"다른 아이돌 사진 참고한 것뿐인데, 뭘. 또 사진 찍을 일 생기면 말해."

생긋 웃은 다솜이 휴대폰을 건네며 진지하게 조언했다.

"넌 왼쪽 얼굴이 예쁘니 촬영 땐 되도록 시선을 오른쪽에 두는 거 잊지 말고."

"오케이. 명심할게."

나는 세차게 고개를 끄덕이는 재현을 쳐다보며 국을 떠먹었다. 곧 촬영을 마친 두 사람이 내 자리로 다가왔다.

"와, 오늘도 어마어마하네. 부럽다 진짜."

내 도시락을 흘끗 쳐다보며 가방에서 크림빵을 꺼내는 다솜의 책상 위에는 밀린 과외 숙제가 한가득이었다. 나는 젓가락으로 소시지를 콕 찍어 다솜에게 내밀었다. 침울한 얼굴이 활짝 펴진 것은 눈 깜짝할 새였다.

"나도, 나도."

다솜이 날름 받아먹자 재현도 입을 벌렸다. 당황한 나는 잠시 고민했다. 동성에게 반찬을 먹여 주는 것과 이성에게 먹여 주는 것은 엄연히 다른 일이니까. 물론 재현에겐 아무런 사심도 없지만. 하지만 아기 새마냥 조르는 탓에 결국 그의 입에도 소시지를 넣어 줬다.

"근데 너희 말이야. 요새 왜 이렇게 학교 자주 나와?"

다솜이 불쑥 궁금증을 드러낸 건 그때였다. 재현과 나는 입안의 내용물을 삼킨 뒤 연달아 답했다.

"일이 없어서."

"수영하기 싫어서."

"…너희도 나만큼 힘들구나."

한숨을 쉰 다솜은 문제집을 넘기며 푸념했다.

"이 짓도 대학 들어가면 다 끝이야. 더는 엄마 아빠 장단에 맞춰 주지 않을 거거든."

다솜의 꿈은 연예기획사를 차려 남자 아이돌 그룹을 만드는 것이라 했다. 어떤 기획사를 차릴 건지, 향후 20년의 계획을 신나게 늘어놓던 그녀는 금세 비 맞은 참새처럼 시무룩해졌다.

"근데 아빠가 비웃었어. 공무원이나 하래. 안정적인 게 최고라고."

"그래도 나보단 낫네. 우리 아빤 전혀 신경 안 쓰거든. 나 완전 내놓은 자식이야."

재현이 셰이크 통을 흔들며 픽 웃었다. 아빠와는 아이돌 준비를 할 때부터 틀어졌다고 했다. 반대를 무릅쓰고 데뷔하면서, 지금은 남보다 못한 사이가 됐다고. 나는 국을 떠먹으며 그를 흘긋 쳐다봤다. 애써 아무렇지 않은 척 구는 모습이 안타까웠지만 한편으론 부러웠다. 아빠의 관심과 기대에서 벗어난 삶, 그게 바로 내가 원하는 거니까.

다솜이 재현을 안쓰러운 눈길로 쳐다보다 턱끝으로 나를 가리켰다.

"그럼 유영이네 아빠가 제일 낫네. 맨날 도시락도 싸 주시잖아."

졸지에 부러움을 사게 된 나는 말없이 젓가락을 만지작거렸다. 부러워 죽겠다는 두 사람의 눈빛에 거북함을 느끼며 작게 대꾸했다.

"그럼 가져, 우리 아빠."

"콜."

입을 맞춘 것처럼 동시에 대답한 다솜과 재현이 씩 웃었다.

식사를 마친 우리는 함께 교실을 나섰다. 다솜은 심화반에 두고 온 교과서를 가지러 가야 했고, 나는 훈련을 가야 할 시간이었다. 할 일이 없는 재현이 나를 교문까지 데려다 주겠다며 쫄래쫄래 따라왔다.

우리는 흙먼지가 나뒹구는 운동장을 지나 정문으로 향했다. 옆에서 걷던 재현이 교복 바지에 한쪽 손을 찔러 넣으며 물었다.

"체육관엔 어떻게 가? 버스 타고?"

"아니, 아빠 차로."

정문에 다다라 휴대폰으로 시간을 확인했다. 이맘 때면 교문 앞에 아빠 차가 서 있는데, 오늘은 코빼기도 보이질 않았다.

"좋겠다. 아빠가 데리러 오고."

좋기는. 나는 낮게 헛웃음을 터트렸다. 데리러 오지 않아도 된다는 내 의견을 묵살하고 매일같이 등·하교를 도와주는 아빠에게 진이 다 빠졌다. 물론 이런 케어를 받는 게 얼마나 피곤한 일인지 재현은 모르겠지만.

"그치만 뭐 이것도 다 네가 잘하니까 해 주시는 거겠지?"

재현이 슬리퍼로 누런 흙바닥을 문지르며 말을 이었다.

"나도 너처럼 잘되면 인정받을 수 있으려나."

아빠에게 전화를 걸려던 손이 멈칫했다. 돌아보니 재현은 교실에서 이야기할 때와 비슷한 낯빛을 하고 있었다. 나는 아무 말도 하지 못했다. 무슨 말을 해야 할지 몰라서.

괜스레 휴대폰만 만지작거리는데, 저 멀리 익숙한 차가 다가왔다. 후다닥 차에서 내린 아빠는 멋쩍게 웃으며 변명했다.

"미안. 은행 좀 다녀오느라. 많이 기다렸어?"

바쁘면 굳이 데리러 오지 않아도 되는데. 나는 턱끝까지 차오른 말을 삼키며 고개를 저었다.

"아니. 지금 나왔어."

"그래? 다행이다."

활짝 웃은 아빠가 옆에 선 재현에게로 시선을 돌렸다. 범상치 않은 모습의 그를 빠르게 훑더니 내게 누구냐는 눈빛을 보냈다. 하지만 나보다 재현이 한발 더 빨랐다.

"안녕하세요! 유영이랑 같은 반 친구예요. 서재현이라고 합니다!"

"아, 그래? 반갑다, 재현아. 머리 스타일이 참… 멋지구나."

당황한 아빠가 어색한 미소를 지으며 재현을 칭찬했다.

"정말요? 감사합니다! 사실 이번에 처음 시도해 본 머리라 안 어울릴까 봐 걱정했거든요."

재현이 배시시 웃으며 머리카락을 만지작거렸다. 아빠는 그냥 한 말일 텐데, 그의 입꼬리가 귀에 걸려 있었다. 나는 쑥스러워하는 재현을 바라보다 차 문을 잡아당겼다.

"가자, 아빠. 너도 얼른 들어가."

"응. 그럼 조심히 들어가세요! 아버님!"

90도로 인사한 재현이 내게 손을 흔들며 멀어졌다. 차에 올라탄 나는 백팩을 옆자리에 던지듯 내려놓고 시트에 몸을 기댔다. 아빠가 안전벨트를 매며 의아한 표정을 지었다.

"무슨 학생 머리가 저래?"

"아이돌이라서 그래."

나는 고개를 돌려 멀어지는 재현의 뒷모습을 바라봤다. 찰랑이는 은발이 남색 교복과 대조돼 더욱 눈에 띄었다.

"아이돌? 그룹 이름이 뭔데?"

"알려 줘도 모를걸."

나도 몰랐던 그룹을 아빠가 알 리 없었다. 그러자 아빠가 끌끌 혀를 차며 차선을 바꿨다.

"웬만하면 저런 애들이랑 어울리지 마. 질 나빠 보여."

재현을 어떤 눈으로 바라보고 있는지 여실히 느껴졌다. 심기가 뒤틀린 나는 아빠의 말을 뾰족하게 받아쳤다.

"머리 하얗게 탈색하면 다 질 나쁜 애들이야?"

"어?"

"쟤 그런 애 아니야. 아빠가 생각하는 그런 애 아니라고."

재현은 이제껏 만난 애들 중 가장 때 묻지 않은 애였다. 희한할 정도로 순수하고 태평해서 도리어 내가 잘못한 것 같은 죄책감이 들게 만드는 애. 그런 태평함이 조금 부럽다는 생각까지 하게 만드는 애.

"재현이랑 많이 친한가 보네? 유영이 네가 화를 다 내고."

아빠가 의외라는 얼굴로 나를 쳐다봤다. 아. 그제야 아빠에게 짜증을 냈다는 사실을 깨달았다.

"화낸 거 아니야. 그냥… 사실을 말한 거지."

멋쩍어진 나는 창밖으로 시선을 돌렸다. 스스로 이런 행동을 했다는 게 당혹스러웠다. 괜히 목을 가다듬고, 시내 전경을 바라봤다.

"학교 다니는 건 재미있어?"

생각지도 못한 질문에 고개를 돌렸다. 백미러로 아빠와 시선이 부딪쳤다. 내가 계속 학교에 다니는 게 우려스럽다는 얼굴이었다. 나는 미간에 모았던 힘을 풀고 고개를 끄덕였다.

"응."

그리고 혹여 아빠가 학교는 그만 다니는 게 어떠냐고 할까 봐 급하게 말을 덧붙였다.

"계속 다닐 거야, 학교."

차 안에 불편한 정적이 감돌았다. 나는 대답 없이 운전을 계속하는 아빠를 보며 초조하게 손을 만지작거렸다. 아빠가 내게 왜 이런 이야기를 꺼낸 건지 잘 알고 있었다. 대회가 코앞인데 실력이 좀처럼 회복되지 않아 불안한 거다. 이번 국내 대회는 아시안게임 전에 마지막으로 실력을 확인해 볼 수 있는 절호의 기횐데, 나는 아직도 슬럼프에 빠져 허우적대고 있으니까. 그러니 아빠는 내가 학교에 다닐 시간에 연습을 더 했으면 하겠지.

아빠의 마음을 꿰뚫어 본 나는 애써 모른 척 창밖을 내다보며 불편한 마음을 삼켰다. 속이 꽉 막힌 것 같은 느낌에 창문을 열려는 찰나, 저 멀리 익숙한 체육관이 보였다.

다시 수영을 하러 가야 할 시간이었다.

해일에 맞서는 법

 귓가에 우렁찬 환호성이 들렸다. 터치 패드를 찍은 후 물안경을 벗으며 전광판을 확인했다. 결과는 압도적인 1등. 기존 최고 기록보다는 떨어지는 수치였지만, 다른 선수들보다는 월등히 빨랐다. 나는 열광하는 관중들의 소리를 들으며 물 밖으로 빠져나왔다. 가까운 관중석에서 전광판을 쳐다보는 아빠의 모습이 보였다. 표정을 보아 하니 예선이긴 하지만 예상보다 떨어지는 기록에 실망한 것 같았다. 나는 손으로 얼굴을 훑는 아빠를 바라보며 집업을 걸쳤다.

 타월과 가방을 챙겨 샤워실로 들어가려는데 익숙한 얼굴이 보였다. 국대에서 훈련을 지도해 주는 홍 코치님이었다. 나는 내게 손짓하는 코치님에게 다가가 가볍게 묵례했다.

 "페이스는 나쁘지 않은데 스타트가 좀 아쉽다."

 역시나 평소보다 스타트가 좋지 않은 걸 꿰뚫고 있었다. 나는 코치님의 말에 수긍하며 턱끝에 맺힌 물을 손으로 훔쳤다.

"결승에서는 더 신경 쓸게요."

"그래. 너 보려고 많이들 왔는데 좋은 모습 보여 줘야지."

"네? 저요?"

생각지도 못한 이야기에 고개를 돌려 관중석을 바라봤다. 과연 관중석 곳곳에 내 이름이 들어간 플래카드와 현수막들이 보였다. 나는 관중들의 시선을 피하며 입술을 말았다. 코치님이 굳어 있는 내 어깨에 팔을 두르며 격려했다.

"힘내서 오늘 기록 경신 한번 해 보자, 응?"

나는 흘러내린 타월을 추스리며 입을 다물었다. 기록 경신. 저기 있는 사람들 모두 내게 그런 걸 원하는 걸까. 열광하는 관중들을 쳐다보다 도망치듯 샤워실로 향했다. 내게 향해 있는 시선 때문인지 위장이 뒤틀린 것처럼 아파 왔다.

오후가 되니 관중들은 훨씬 불어나 있었다. 2시부터 줄줄이 시작되는 결승 때문이었다. 예선 때보다 두 배는 더 많아진 팬들을 보며 나는 탁한 숨을 내뱉었다. 아무리 신경을 쓰지 않으려 해도 고개를 들면 나를 응원하는 플래카드와 현수막이 보여 정신이 어지러웠다.

주 종목인 자유형 400m 결승 경기는 금방 돌아왔다. 경기장에 내 이름이 호명되자 우렁찬 환호성이 들렸다. 나는 떨어지지 않는 다리를 간신히 움직여 경기장 안으로 걸어 들어갔다.

'후원사 분들도 오셨어. 결승 때 응원 열심히 하겠대.'

타월과 수영 가방을 내려놓고 집업을 벗는데, 문득 한 시간 전에 아빠가 해 준 말이 떠올랐다. 고개를 들어 주변을 살폈다. 멀지 않은 곳에 익숙한 얼굴들이 보였다. 애써 그들의 시선을 외면하며 팔다리를 털었다. 그러나 잘해야 된다는 생각이 머리를 스치자 심장이 압력에 눌린 듯 오그라드는 느낌이 들었다. 호흡이 점점 짧아지자 나는 가벼운 스트레칭마저 그만두고 가슴에 손을 얹고 힘겹게 숨을 내뱉었다. 세계 선수권 결승 때와 비슷한 증상이었다. 정신 차려. 이건 국제 대회도 아니잖아. 그냥 국내 대회일 뿐이야. 연습한 대로만 하면 돼. 그래, 연습한 대로. 스스로에게 되뇌며 자세를 바로잡았지만, 산소가 부족해서인지 머리가 멍해졌다. 나는 핑 도는 정신을 간신히 붙잡으며 중심을 지탱했다.

곧 선수들에게 준비하라는 신호가 떨어졌다. 출발대에 올라가 삐뚤어진 수영모를 바로잡고 물안경을 쓰는데, 순간 눈앞에 기묘한 광경이 펼쳐졌다. 내가 선 레인의 수면에… 물결이 일고 있었다. 파도가 밀려오듯 넘실대는 수면을 바라보며 나는 눈을 크게 떴다. 꼭 바다를 보는 듯한 기분이 들었다. 이럴 리가 없는데. 아니, 이럴 수가 없는데…? 연신 눈을 깜빡이며 거듭 확인해도 눈앞의 광경은 달라지지 않았다. 나는 호수처럼 잠잠한 주위 레인들을 확인하며 패닉에 빠졌다. 분명 다른 레인들은 아무런 문제도 없는데, 내가 서 있는 4번 레인만 넘실거리고 있었다. 설상가상으로 물결은 점점 거세져, 이제는 나를 덮칠 것 같았다. 매섭게 부딪히는 파도를 바라보던 나는 주춤거리며 한 걸음 뒤로 물러났다.

그때였다. 심판이 경고를 날리는 소리가 들렸다.

아…. 그제야 정신을 차리고 황급히 주변을 살폈다. 모든 관중의 시선이 홀로 스타트 자세를 취하고 있지 않는 나에게 쏠려 있었다. 그 시선에 떠밀리듯 상체를 앞으로 숙였다. 팔을 아래로 뻗으며 자세를 취하자 매섭게 휘몰아치는 파도가 다시금 눈에 들어왔다. 저속으로 뛰어들어야 한다고 생각하니 목덜미가 쭈뼛 섰다. 이대로 뛰어들면 어떻게 되는 거지? 파도에 휩쓸리게 되는 건가? 이런 레인에서 수영을 할 순 있는 거야? 아니, 애초에 어떻게 이런 일이 있을 수가 있지?

수십 가지의 생각이 뒤엉켜 머릿속을 어지럽힐 때였다. 잠시 멀어졌던 주변의 소음이 명료해지며 웅성거리는 소리가 들렸다. 정신을 차리고 보니 다른 선수들은 이미 물살을 헤치며 앞으로 나아가고 있었다. 스타트 신호를 놓쳤다는 걸 안 건 그때였다. 소스라치게 놀란 나는 서둘러 물속으로 뛰어들었다.

앞서가는 선수들을 따라 빠르게 팔을 휘저었다. 하지만 격차는 돌이킬 수 없을 만큼 벌어진 뒤였다. 나는 절망감을 끌어안고 안간힘을 쓰며 팔다리를 내저었다. 멀어지는 선수들을 영원히 따라잡지 못할 것 같은 암담한 기분이 들었다.

유달리 길고 어두운 밤이었다. 침대에 누워 몸을 뒤척이던 나는 반짝 눈을 떴다. 불을 끈 지 어언 세 시간이 지났음에도 불구하고

도통 잠이 오질 않았다. 전광판에 새겨진 기록과 코끝을 긁적이던 코치님의 반응, 굳은 아빠의 얼굴, 탄식하는 관중들의 반응이 연이어 떠올랐다.

질끈 눈을 감고 달팽이처럼 몸을 웅크렸다. 잊혀지지 않는 기억을 뒤로하고 다시 애써 잠을 청하는데, 방문 너머로 작은 소음이 들렸다. 틈새로 들여다보니 아빠가 부엌 식탁에서 혼자 술잔을 기울이고 있었다.

집으로 돌아오는 내내 아빠는 시합에 관련된 그 어떠한 말도 하지 않았다. 결과가 좋지 않아 속상하다는 말이나 왜 그런 실수를 했냐며 타박하는 법도 없었다. 그저 침묵했다. 그리고 새벽이 오자 홀로 술잔을 기울였다. 마치 모든 일이 자신의 탓인 양. 아빠는 어떠한 말로도 나를 다그치지 않았지만, 그게 더 숨 막혔다. 차라리 대놓고 내 탓을 했더라면, 날 원망했더라면 이렇게 답답하진 않을 텐데.

두더지마냥 이불 속을 파고들다가 움직임을 멈췄다. 돌연 이 모든 상황에 넌더리가 나며 화가 치밀어 올랐다. 뜻대로 풀리지 않는 경기도, 슬럼프에 빠져 허우적거리는 나도, 성적이 좋지 않을 때마다 술을 퍼붓는 아빠도 모두 지긋지긋했다.

이불을 박차고 일어나 벽에 등을 기대고 무릎을 손으로 안았다. 얼마 뒤, 아빠가 식탁을 정리하고 안방으로 들어가는 소리가 들렸다. 안방 문이 닫히기가 무섭게 침대에서 나와 책상 위에 놓인 각종 꽃다발과 편지, 액자들을 쓰레기통에 구겨 넣었다. 아무리 힘을 써도 좁은 쓰레기통에 다 들어가지 않자 바닥에 내던졌다. 그래도 분이 풀리지 않았다.

　난장판이 된 방 안을 노려보다 다시 침대에 벌렁 드러누웠다. 해갈되지 않은 분노가 둥실둥실 천장으로 떠올랐다. 숨을 거칠게 몰아쉬며 눈두덩이 위에 팔을 얹었다.

　전부 다 사라져 버렸으면 좋겠다. 나를 응원하는 사람들도. 아빠도. 그리고 나도.

딸기 우유

세 달 만에 먹는 급식이었다. 다솜, 재현과 함께 식당 구석에 자리 잡은 나는 조용히 젓가락을 움직였다. 아빠가 도시락을 챙겨 줄 때는 그렇게도 급식이 먹고 싶었는데, 막상 그런 상황이 오니 별 감흥이 없었다. 나는 전날의 과음으로 일어나지 못한 아빠를 떠올리며 밥을 깨작거렸다.

"진짜 아쉽더라. 실수만 안 했어도 1등은 거저 먹는 건데."

마주 앉아 셰이크를 마시던 재현이 무릎을 탁 치며 아쉬움을 드러냈다.

"그래도 진짜 멋있었어. 막판에 나 완전 감동했잖아. 스타트가 늦어서 꼼짝없이 꼴등이다 싶었는데 쭉쭉 따라잡길래. 와, 그때 진짜 심장 터지는 줄."

파란만장했던 시합은 우여곡절 끝에 최종 4등으로 마무리됐다.

스타트 실수로 벌어진 격차를 생각하면 기적과 다름없는 결과였다. 하지만 조금도 기쁘지 않았다. 한국 기록 경신을 바랐던 관중들에게 보여 주기에는 창피한 결과니까.

나는 아래턱에 힘을 준 채 잡곡밥을 씹었다. 망친 시합 후기 따윈 듣고 싶지 않았다. 하지만 재현은 아랑곳하지 않고 저 혼자 들떴다 심각하기를 반복하며 호들갑을 떨었다. 잠자코 밥을 먹던 다솜이 은근슬쩍 그에게 눈치를 줬지만 소용없었다.

다시 보기로 시청한 시합 후기를 신나게 늘어놓은 재현이 코끝을 만지작거리며 푸념했다.

"부럽다. 내가 너의 반만, 아니, 반의 반만 됐어도 시합 걱정은 안 할 텐데."

이야기를 하다 보니 얼마 남지 않은 자신의 시합이 걱정되는 모양이었다. 재현이 숟가락으로 국을 휘젓는 나를 툭 치며 물었다.

"뭘 또 그렇게 침울해하고 그러냐? 고작 국내 대회 좀 망친 것 가지고."

고작? 숟가락질을 멈추고 가만히 재현을 응시했다. 1년에 몇 안 되는 대회를 별일 아닌 일로 치부하는 게 황당했다.

"국제 대회도 아니잖아. 그냥 훌훌 털어 버려. 까짓것 다음에 더 잘하면 되지."

속 편한 소리였다. 다음에 더 잘할 가능성 같은 건 없으니까. 나는 대꾸 없이 숟가락을 움직였다. 어제 경기를 치르며 깨달았다. 국내 대회도 이 지경이라면, 국제 대회는 불 보듯 뻔하다는 걸. 결국에는 부담감을 못 이기고 아시안게임을 망치고 말거라는 걸.

밥맛이 떨어진 나는 숟가락을 놓고 자리에서 일어났다. 다솜이 잔반이 많은 내 식판을 쳐다보곤 의아한 표정을 지었다.

"벌써 다 먹은 거야?"

"응. 천천히 먹고 와. 먼저 내려갈게."

"아냐! 나도 거의 다 먹었어."

다솜이 허겁지겁 숟가락을 움직이곤 의자를 뒤로 밀었다. 나는 일어서는 두 사람을 뒤로한 채 퇴식대로 향했다. 식판을 들고 식당을 가로지르는데, 힐끗대는 애들의 시선이 느껴졌다. 모른 척 퇴식대로 가 잔반을 처리하고 나왔다.

"같이 가."

후다닥 뛰어온 재현과 다솜이 나와 보폭을 맞춰 걸었다. 옆에서 내 눈치를 살피는 게 고스란히 느껴졌다. 그런데 돌연 등 뒤에서 낯선 목소리가 들렸다.

"저기!"

돌아보니 웬 여자애가 우유와 빵을 품에 안고 서 있었다. 같은 반은 아니지만 오며 가며 본 적이 있는 얼굴이었다. 쭈뼛거리며 다가온 아이는 수줍게 인사했다.

"안녕. 이렇게 이야기하는 건 처음이지?"

우리는 눈을 깜빡이며 아이를 바라봤다. 고개를 푹 숙이고 말하는 탓에 누구에게 이야기를 하는 건지 알 수가 없었다. 귀 끝이 빨개진 아이는 대리석 바닥에 시선을 고정한 채 말을 이었다.

"늘 뒤에서 지켜보기만 했는데, 오늘은 꼭 말 걸어 보고 싶어서 불렀어."

우유와 빵을 쥔 손을 쉼 없이 꼼지락거리던 아이는 눈을 질끈 감았다.

"나 너 좋아해! 작년부터 좋아했어. 우연히 TV에 나온 널 봤는데 너무 멋있더라. 숨이 멎는 줄 알았어. 사람이 반짝거릴 수 있다는 걸 그날 널 통해 처음 깨달았어."

나는 손에 든 딸기 우유처럼 얼굴을 빨갛게 붉히고 말하는 아이를 가만히 쳐다봤다. 얼굴도 제대로 들지 못하고 말할 정도면 재현을 엄청나게 좋아하는 팬인 것 같았다.

"같은 학교여서 너무 설레더라. 매일 널 볼 때마다 혼자 좋아했어. 용기가 없어서 이제야 말하지만."

수줍은 목소리로 고백한 아이는 들고 있던 우유를 재현에게 내밀었다.

"이거 먹어. 별건 아니지만 널 응원하는 내 마음이야."

나와 다솜의 시선이 자연스레 재현으로 향했다. 동그랗게 커진 눈이 그의 심정을 대변하고 있었다. 몇 초간 말이 없던 재현은 그렁그렁한 눈으로 화답했다.

"고마워. 진짜… 감동이야."

방긋 웃은 재현이 손을 뻗었다. 그러자 고개를 든 아이가 화들짝 놀라며 손을 거두더니, 우유를 내 쪽으로 내밀었다. 응? 나와 재현의 머리 위로 물음표가 떠올랐다. 우리의 표정을 읽은 아이가 멋쩍은 미소를 지으며 설명을 덧붙였다.

"미안. 내가 오해하게 만들었네. 네가 아니라 유영이한테 한 이야기였어."

"아…."

"내가 유영이 팬이거든. 작년부터 쭉."

쑥스러워하며 몸을 배배 꼰 아이가 내게 우유를 가까이 내밀었다. 얼른 받으라는 뜻이었다. 그에 떠밀려 우유를 받은 나는 재현을 흘끗 쳐다봤다. 기쁨으로 가득했던 얼굴엔 당혹감이 드리워져 있었다. 재현에게서 시선을 떼곤 아이를 쳐다봤다.

"이번 경기 너무 아쉽더라. 스타트만 잘했어도 1등 할 수 있었는데. 그래도 너무 멋있었어. 특히 꼴찌에서 막 치고 올라갈 때! 역시 내가 아는 김유영 맞구나 싶더라니까."

신이 나 재잘대던 아이는 생긋 웃으며 덧붙였다.

"아시안게임 때도 응원할게. 그땐 꼭 이번보다 더 잘하는 거다?"

"…."

"금메달 파이팅!"

금메달이라는 세 음절이 명치를 치고 지나갔다. 나는 자그마한 우유를 힘주어 잡았다.

"나 딸기 우유 안 좋아해."

"어? 정말?"

아이의 얼굴에 당혹감이 스쳤다.

"미안, 그럼 내가 다음에 다른 걸로…."

"아니, 됐어. 이런 거 부담스러워. 갑자기 나타나서 팬이라 하는 것도 그렇고."

나는 아이의 품에 우유를 안겨 주고 자리를 벗어났다. 내 팬이라는 사실도, 나를 위해 준비했다는 선물도 하나도 고맙지 않았다. 그저 부담스럽고 불편할 뿐.

서둘러 교실로 돌아와 오후 훈련에 가기 위해 짐을 싸기 시작했다. 그런데 다솜과 함께 교실로 돌아온 재현이 내게 불쑥 우유를 내밀었다.

"뭐야, 이거?"

"그냥 좀 받아라. 어려운 일도 아니잖아. 너 좋다고 선물한 건데, 사람 그렇게 무안하게 만들기냐?"

황당함에 입술이 벌어졌다. 가뜩이나 기분도 최악인데, 기어이 우유를 받아 온 그를 보니 기막혀 말이 나오지 않았다. 나는 백팩을 한쪽 어깨에 걸치며 대꾸했다.

"싫어."

"뭐?"

"싫다고. 도로 갖다 주든지 아님 네가 먹든지 마음대로 해. 난 받을 생각 없으니까."

붙잡으려는 재현의 손을 살짝 뿌리치고 지나갔다. 그러자 그의 손에 들려 있던 우유가 바닥으로 굴러 떨어졌다. 당황한 재현은 우유를 도로 줍지도 못하고 그대로 굳어 버렸다. 놀란 건 나도 마찬가지였다. 떨어트리게 할 생각은 없었으니까.

애꿎은 우유만 노려보다 시선을 돌렸다. 싸한 분위기를 느낀 반 애들이 전부 우리를 쳐다보고 있었다. 나는 서둘러 교실을 나섰다. 떨어진 우유가 신경 쓰였지만 이제 와서 주울 수도 없는 노릇이었다.

입술을 꽉 깨문 채, 슬리퍼도 갈아신지 않고 교정을 걸었다. 화는 치밀어 오르는데 누구를 향한 분노인지, 왜 이토록 진창에 처박힌 기분이 드는 건지 알 수가 없었다. 이마를 쓸며 분노를 가라앉힐 때였다.

"넌 어쩜 그렇게 사람이 매정하냐."

"뭐?"

돌아보자 뛰어온 건지 상기된 얼굴의 재현이 날 선 눈동자로 나를 쏘아보고 있었다. 그가 거칠게 숨을 내뱉으며 다가왔다.

"네 팬이라는데 고맙지도 않냐? 행동을 꼭 그런 식으로 해야겠어?"

나는 백팩 어깨끈을 세게 붙잡았다. 제삼자인 재현에게 왜 이런 이야기를 들어야 하는 건지 이해가 되지 않았다.

"네가 무슨 상관이야. 그리고 팬이라고 하면 다 잘해 줘야 해? 그러게 누가 나 좋아하래? 누가 응원해 달라 그랬냐고."

재현의 미간이 눈에 띄게 좁아졌다. 내 반응이 이해가 안 된다는 눈빛이었다. 바닥을 보며 한숨을 내뱉은 그가 고개를 들어 나를 쳐다봤다.

"네가 사랑을 너무 받아서 잘 모르는 것 같은데, 누군가가 널 응원해 준다는 거 되게 특별한 일이야. 고마워해야 할 일이라고."

잇새로 헛웃음이 샜다. 멋대로 좋아해 놓고선 되레 내게 고마워하라는 사람들에게 화가 났다. 내가 추락하면 다 돌아설 거면서. 언제 그랬냐는 듯 비난하고 손가락질할 거면서. 나는 이마에 핏대를 세운 채 재현에게 다가갔다.

"네가 뭘 알아. 잘하라느니, 믿는다느니 할 때마다 얼마나 기분 뭐 같은지 네가 알아? 그게 사람을 얼마나 부담스럽고 미칠 것같이 만드는지 네가 아냐고."

못된 건 내가 아니라 사람들이다. 좋아하는 마음을 앞세워 날 몰아세우니까. 성적을, 메달을 기대하니까. 그게 날 난도질하고 있다는 걸 모르니까.

"몰라. 그렇게 사랑받아 본 적, 한 번도 없으니까."

깊이 가라앉은 목소리가 바람을 타고 귓가로 흘러 들어왔다.

"근데 이건 알아 둬. 아무리 발버둥 쳐도, 아무도 좋아해 주지 않는 사람도 있다는 거. 네가 하찮게 여기는 그 관심 한 줌, 응원 한 번 들어 보려고 애쓰는 사람도 있다는 거."

재현이 나를 두고 돌아섰다. 무어라 쏘아붙이려던 나는 할 말을 잃고 멀어지는 그의 뒷모습만 지켜봤다. 상처로 짓무른 눈동자를 본 순간, 입 밖으로 쏟아내려던 말이 맥없이 사라졌다.

멍하니 재현을 눈으로 쫓을 때였다. 등 뒤로 작은 클랙슨 소리가 들렸다. 아빠 차가 교문 앞에 서 있었다. 뒷좌석에 올라타 백팩을 벗고 창밖을 내다봤다. 굳어 있는 내 표정을 발견한 아빠가 차를 돌리며 걱정스레 물었다.

"왜 그래? 무슨 일 있었어?"

나는 대답 없이 창밖만 바라봤다. 학교에서의 일을 미주알고주알 떠들고 싶지 않았다. 다행히 아빠는 말하고 싶어 하지 않는 내 마음을 알아채곤 더는 물어보지 않았다.

다 지긋지긋하다. 그런 생각을 하며 바뀌는 풍경을 응시하고 있는데, 다시금 아빠의 목소리가 들려왔다.

"저기, 아빠가 생각을 좀 해 봤는데."

헛기침을 한 아빠가 백미러로 쳐다보며 어색한 미소를 지었다.

"학교는 당분간 쉬는 게 어때?"

나는 고개를 돌려 아빠를 쳐다봤다. 우려했던 말이 터져 나온 순간이었다. 아빠는 커진 내 눈동자를 보며 황급히 말을 덧붙였다.

"너도 알다시피 아시안게임이 코앞이잖아. 남은 시간은 훈련에 집중해야지."

그놈의 훈련. 나는 머리가 지끈거리는 것을 느끼며 시트에 기대 눈을 감았다. 아무리 훈련한들 바뀌지 않는데, 계속 연습만 해야 하는 상황에 넌더리가 났다. 아빠는 침묵하는 내게 타이르듯 말했다.

"몇 달만 쉬자는 거야. 학교는 시합 끝나고 다시 다니면 되잖아. 응?"

"…싫어."

아무리 그래도 학교를 포기할 순 없었다. 유일한 탈출구니까. 나는 그간 목구멍 안에서만 맴돌았던 말을 꺼냈다.

"연습 더 해도 소용없어. 어차피 예전처럼은 못 한다고."

지금 상황에서 예전 모습을 기대하는 건 바보 같은 짓이었다. 결과가 뻔히 보이니까.

"못 한다니. 무슨 소리야, 그게."

신호에 걸려 속력을 줄인 아빠가 부드럽게 나를 위로했다.

"슬럼프가 와서 그렇지, 극복하면 충분히 할 수 있어. 네가 왜 못해. 너 충분히 할 수 있어."

조용히 손을 움켜쥐었다. 왜 모두 내게 할 수 있다고 말하는 걸까. 내가 나를 믿을 수가 없는데.

"아빠가 도와줄게. 아빠가 너 어떻게든 예전 모습 되찾게 해 줄 거야. 같이해 보자. 응?"

나는 백미러 속 웃는 아빠의 얼굴을 쳐다보며 입을 열었다.

"그래. 알겠어. 아빠가 하라는 대로 다 할게. 대신 학교는 계속 다닐 거야."

"유영아."

"다른 건 다 돼도 학교만큼은 안 돼. 절대로."

학교만 다닐 수 있다면 레슨을 더 받고, 연습량을 더 늘려도 상관없었다. 나는 백팩을 뒤져 이어폰을 꺼냈다. 학교에 관해서는 더 말하고 싶지 않았다.

아빠는 귀를 틀어막는 나를 보고 대화를 포기했다. 나는 아빠의 시선을 피하며 음악 앱을 클릭했다. 늘 듣던 플레이리스트를 뒤지는데 문득 재현의 말이 떠올랐다.

'근데 이건 알아 둬. 아무리 발버둥 쳐도, 아무도 좋아해 주지 않

는 사람도 있다는 거. 네가 하찮게 여기는 그 관심 한 줌, 응원 한
번 들어 보려고 애쓰는 사람도 있다는 거.'

　나는 망설이다 이그니스 최신 앨범 타이틀곡을 재생했다. 웅장한
전주가 고막을 훑고 지나갔다. 이상하게도 빠른 비트를 들으니 갑갑
했던 마음이 조금 진정되는 것 같았다. 볼륨을 올리고, 창밖에 시선
을 고정했다. 그 순간 낯익은 목소리가 흘러 들어왔다. 재현의 파트
였다. 부드러운 미성에 사로잡힌 나는 볼륨을 좀 더 키우고 앞으로
되감기해 같은 파트를 반복해서 들었다.

　재현의 목소리에 귀를 기울이며 눈을 감았다. 헤어질 때 봤던 그
의 표정이 뇌리에서 잊혀지질 않았다.

자격지심

　점심시간을 알리는 종이 울리자 애들은 기다렸다는 듯 교실을 뛰쳐나갔다. 나는 여전히 내 곁을 지키고 있는 다솜을 쳐다보다 저 멀리 외딴섬처럼 떨어져 있는 재현에게로 시선을 돌렸다. 점심시간이 되면 늘 내 자리로 왔는데 오늘은 제자리에서 꿈쩍도 하지 않았다. 나는 재현의 동그란 뒤통수를 바라보다 도시락을 꺼냈다.

　"그럼 나도 슬슬 가 볼게."

　다솜이 단어장을 들고 일어섰다. 나는 나와 재현의 눈치를 보며 어쩔 줄 몰라 하는 다솜의 등을 부드럽게 떠밀었다.

　"얼른 가서 밥 먹어. 난 신경 쓰지 말고."

　"응. 내일 보자."

　다솜은 나와 재현을 번갈아 쳐다보고는 교실 문을 나섰다. 다솜이 나가자 교실엔 아무도 없는 것마냥 정적이 감돌았다. 나는 오늘도 세이크로 점심을 대신하는 재현을 쳐다보며 아빠가 챙겨 준 도시락을 열었다.

깨작거리며 먹는 둥 마는 둥 하고 있는데, 의자가 드르륵 밀려나는 소리가 들렸다. 재현은 나를 한번 쓱 쳐다보곤 교실 밖으로 나갔다. 혼자 남겨진 나는 억지로 밥을 우겨 넣기를 멈추고 젓가락을 내려놓았다. 속이 체한 것처럼 불편해 더는 먹고 싶지 않았다. 도시락 뚜껑을 덮고, 사물함에서 양치 도구를 챙겨 화장실로 향했다. 한참 점심 먹을 시간이라 그런지 화장실은 텅 비어 있었다. 나는 고요함을 느끼며 칫솔을 물었다.

잠시 후, 여자애 셋이 수다를 떨며 화장실 안으로 들어왔다. 나와 간격을 두고 서서 칫솔을 꺼내는데, 한 아이가 갑자기 무언가 생각난 얼굴로 대화의 물꼬를 텄다.

"너네 그거 알아? 우리 학교에도 연예인 있는 거."

"아, 7반의 걔 말하는 거지? 그 은발 머리."

묵묵히 양치를 하던 손이 움직임을 멈췄다. 나는 거울로 애들을 힐끔거리며 어금니를 닦았다. 애들은 내 시선을 눈치 채지 못하고 계속해서 대화를 이어 갔다. 한 아이가 치약을 쭉 짜며 물었다.

"아이돌이랬지? 그룹 이름이 뭐라더라?"

"이… 뭐였는데. 아, 이그니스."

그러자 묵묵히 이를 닦고 있던 다른 아이가 입에서 칫솔을 빼며 대꾸했다.

"근데 연예인이라기엔 좀 그렇지 않아? 걔네 완전 무명이잖아."

나는 세면대에 거품을 뱉고 아이를 바라봤다. 빤한 내 시선에도 불구하고 그 아이는 친구들과 대화하기에 바빴다.

"그렇긴 하지. 나도 처음엔 그런 그룹이 있나 싶었다니까?"

"내 말이. 보면 좀 안쓰럽더라. 앨범도 꽤 냈다던데 알아주는 사람 하나 없는 거 보면."

"그니까. 죽기 살기로 노력해서 데뷔하면 뭐 해? 팬도 없는데."

칫솔을 세게 움켜쥐었다. 나를 욕하는 것도 아닌데 이상하게 가슴이 끓어오르며 손이 부들부들 떨렸다. 나는 애써 아무렇지 않은 척 입을 헹구곤 젖은 칫솔을 세면대 위에 탁탁 털었다. 그사이 다시금 웃음기 섞인 목소리가 들렸다.

"걔네는 이쯤에서 아이돌 접는 게 100배 나을걸?"

그 순간, 참다 못한 나는 세면대 물을 잠그고 대화를 끊었다.

"팬 여기 있는데."

깜빡이 없이 불쑥 끼어들자 애들이 나를 쳐다봤다. 난데없이 왜 끼어드냐는 눈빛이었다. 나는 힘주어 말을 덧붙였다.

"내가 걔 팬이라고."

컵과 칫솔, 치약을 챙겨 애들 앞에 섰다. 굳어 있는 내 표정 때문인지 애들은 꿀 먹은 벙어리마냥 눈만 깜빡이고 있었다.

"그러니까 말 함부로 하지 마. 듣는 팬 기분 나쁘니까."

재현이 이 애들의 입에서 하나의 가십거리가 돼 오르내리는 게 화가 났다. 잘 알지도 못하면서. 그 애가 얼마나 노력하는지, 얼마나 필사적이고 간절한지 조금도 모르면서. 나는 웃음기가 사라진 애들을 쳐다보며 컵을 움켜쥐었다.

"그리고 그럴 시간 있음 너희 앞가림이나 잘해. 괜한 시간 낭비 말고."

나는 벙찐 애들을 두고 화장실을 나왔다. 등 뒤로 왜 저러냐는 둥, 싸가지 없다는 둥, 소리가 들려왔지만 못 들은 척했다.

복도로 걸어 나와 젖은 입술을 훔쳤다. 조금 전 일을 곱씹어 보고 있자니 막 시합을 마친 것처럼 심장이 빠르게 뛰었다. 조금 전 내 행동이 믿기지 않았다. 남의 일에 참견하는 일 같은 건 평소의 나라면 절대 하지 않을 일이다. 두근거리는 가슴을 겨우 진정시킨 뒤, 호흡을 가다듬고 걸음을 옮겼다.

그 순간, 복도 반대편에서 걸어오는 재현이 보였다. 나는 눈이 마주쳤음에도 못 본 척하며 뒷문으로 먼저 들어가는 그를 가만히 지켜봤다.

다시금 속이 꽉 막힌 듯 가슴이 불편해졌다.

녹슨 펜스 앞에 서서 초조하게 주변을 둘러봤다. 자정이 다 된 시간이라 그런지 오늘도 역시나 체육관 앞에는 개미 한 마리도 얼씬거리지 않았다. 손바닥을 비빈 후, 펜스를 붙잡고 올라탔다. 담을 넘기 시작한 지 벌써 몇 주가 지났지만, 여전히 긴장되는 건 어쩔 수 없었다. 후다닥 담을 넘어 곧장 체육관 경비실로 향했다. 재현의 삼촌은 오늘도 삐걱거리는 의자에 앉아 해외 축구 경기를 시청하고 있었다.

"여기요."

삼촌에게 단팥빵을 건넨 후 체육관 복도로 이어진 경비실 다른 쪽 문을 열었다. 깜깜한 복도는 귀신이라도 나올 듯 음산하고 어두웠다. 지하로 내려가 텅 빈 탈의실 불을 켜고 신발과 가방을 벗었다.

옷을 탈의하고 수영복을 입는데 문득 재현이 오지 않을 수도 있겠다는 생각이 들었다. 학교에서도 본체만체했으니, 더는 내게 수영을 배우려 하지 않을지도 모른다. 나는 심란한 마음을 안고 탈의실을 나섰다.

역시나 수영장 불은 꺼져 있었다. 착잡한 마음으로 불을 켜고, 레인 끝에 앉았다. 재현은 30분이 지나도 오지 않았다. 정말 안 올 셈인가. 가만히 수영장 시계만 바라보고 있던 나는 수영모와 물안경을 착용하고 물 안으로 들어갔다. 하릴없이 앉아 있느니 몸도 풀 겸 가볍게 몇 바퀴라도 도는 게 좋을 것 같았다.

팔을 쭉 뻗으며 발끝을 움직였다. 천천히 앞으로 나아가니, 부드러운 물결이 나를 감싸 안는 게 느껴졌다. 이렇게 수영을 하고 있으면 꼭 물과 포옹하는 것 같은 기분이 든다. 묘한 편안함이 있다고나 할까. 물론 지난번 시합 때는 물에게 삼켜질 것만 같아 두려웠지만.

수영을 멈추고 물 위에 둥둥 떠 천장을 바라봤다. 지금까지 수영하면서 물 공포증 같은 건 한 번도 느껴 보지 못했는데, 물이 무섭다는 생각을 하고 있는 게 이상했다. 예전엔 물 밖에 있는 것보다 물 안에 있는 게 더 편했는데. 대체 어디서부터 잘못된 걸까. 다시 예전처럼 돌아갈 수 있을까? 아니, 나는 정말 예전처럼 돌아가길 원하고 있는 걸까?

여러 생각들이 회오리칠 때였다. 갑작스러운 인기척에 몸을 바로 세워 보니, 재현이 서 있었다.

"자격지심이야."

재현이 레인 끝에 걸터 앉아 수영장 물을 손으로 가볍게 튀겼다.

"난 죽도록 애써도 아무도 안 알아주는데 넌 가만히 있어도 다들 팬이라며 다가오잖아."

문득 내게 팬이라고 고백하던 아이의 얼굴이 떠올랐다. 그리고 당황하던 재현의 표정도. 물 밖으로 나온 나는 그의 옆에 앉으며 손에 든 물안경과 수영모를 내려놓았다.

"그게 부럽고, 싫고, 질투 나고 그래. 넌 내가 꿈꾸던 삶을 가졌으니까."

아이러니했다. 내가 불행하다고 생각하는 삶을 재현이 부러워하고 있다는 게. 그리고 동시에 재현과 내 처지가 바뀌면 좋겠다는 생각이 들었다. 그럼 재현에 대해 함부로 이야기하는 애들도, 내가 사람들의 관심에 시달려 지치는 일도 없었을 테니까. 나는 손가락 끝으로 물에 젖은 수영장 바닥을 쓸며 입을 열었다.

"세계 선수권 시합, 컨디션 때문에 쓰러진 거 아니야. 부담감 때문에 그런 거지."

갑작스러운 이야기에 재현의 눈이 커졌다. 나는 담담하게 당시 상황을 설명했다.

"…잘해야 된다는 생각을 하니까 숨이 쉬어지지 않더라. 손끝이 떨리고 눈앞이 하얘졌어. 정신을 차리고 보니 의무실이었고."

처음 입 밖으로 꺼내 보는 이야기였다. 웬만해선 남에게 속마음을 드러내지 않으니까. 특히 시합에 대한 것은 더더욱. 나는 조용히 내 이야기를 듣고 있는 재현을 바라봤다. 투명한 다갈색 눈동자가 잘게 물결치고 있었다.

"나한테 사람들의 애정이나 관심은 전부 독이야. 그게 날 이렇게 만들었으니까."

며칠 전 시합을 떠올리며 호수처럼 잠잠한 수면을 응시했다. 분명 다른 레인들은 멀쩡한데 내가 서 있는 레인만 출렁이던 모습을 잊을 수가 없었다.

"솔직히 난 잘 모르겠어. 사랑받는 게 왜 행복한 일인지."

정말 모르겠다. 사랑받는 게 정말 행복한 일이라면, 난 왜 이토록 불행하고 끔찍한 기분이 드는 걸까. 왜 매번 숨통이 조이고, 벼랑 끝에 서 있는 기분이 드는 걸까.

"그래서 네 마음이 이해가 되면서도 이해가 안 돼."

날 부러워하는 재현이 안쓰러우면서도 동시에 답답하게 느껴졌다. 만약 재현이 내 처지가 된다면, 그때도 정말 사람들의 관심과 사랑을 마냥 고맙게만 생각할까.

그때, 재현이 수영장 바닥을 짚고 있는 내 손 위에 자신의 손을 얹었다. 갑작스러운 접촉에 놀란 나는 눈을 동그랗게 떴다.

"미안."

콧잔등에 주름이 생길 정도로 눈을 질끈 감은 재현이 말했다.

"몰랐어. 네가 그렇게 힘들어하고 있을 줄은. 나는 그냥…"

알 수 있을 리가 없다. 그동안 철저하게 감춰 왔으니까. 나는 어쩔 줄 몰라 하는 재현을 바라보다가 시선을 내렸다. 손에 닿은 온기가 낯설었지만, 어쩐지 싫지 않았다. 겹쳐진 손 위로 재현의 마음이 전해져 오는 것 같아서.

"됐어. 사람은 누구나 자기 입장에서 생각하니까. 나도 그렇고."

나 역시 내 입장에서 재현을 판단했다. 재현이 어떤 속마음을 가지고 있는지도 모르고. 발끝으로 물을 가볍게 튀기며 그를 흘끗 쳐다봤다.

어제 재현과 다투며 알았다. 사랑받지 못하는 삶도 원치 않은 기대와 관심을 받는 삶만큼 힘들고 괴롭다는 걸. 나는 지금껏 내 고통과 슬픔이 세상에서 가장 크다고 여기며 살아왔다는 걸.

"힘들 것 같아. 아무리 발버둥 쳐도 아무도 알아주지 않는다는 거."

어디선가 사랑의 반대말은 미움이 아니라 무관심이라는 말을 들은 적이 있다. 나는 재현을 보며 어쩌면 그 말이 맞는 말일지도 모른다고 생각했다.

"물론 네 마음을 전부 이해할 수는 없지만."

솔직히 잘 모르겠다. 재현이 얼마나 고통스러울지. 하지만 이것 하나만큼은 알 수 있었다. 재현도 나처럼 어둠 속에 홀로 남겨진 것 같은 기분일 거라는 것.

"아냐. 그걸로 충분해. 이렇게까지 생각해 준 사람 아무도 없었거든."

재현이 어깨를 가볍게 으쓱거렸다. 아무렇지 않은 척 구는 모습에서 그간 혼자 감내했을 슬픔과 외로움이 느껴졌다. 나는 환하게 웃는 재현을 바라보다 입을 다물었다. 말간 미소가 유독 가슴을 시리게 만들었다.

달콤 쌉싸름한 고백

　수업을 마치고 재현과 함께 체육관을 나왔다. 자정이 넘은 시간이라 그런지 사거리에는 차도 사람도 지나다니지 않았다. 우리는 가로등 불빛이 켜진 거리를 함께 걸었다. 우리집과 재현의 숙소가 그리 멀지 않은 곳에 있어서 육교 앞까지 함께 갈 수 있었다.

　육교에 다다르자, 재현이 검정색 힙색 안에서 무언가를 꺼냈다.

　"자, 여기."

　어제 그 아이가 내게 준 딸기 우유였다.

　"처음엔 이 우유, 내가 그냥 확 먹어 버리려고 했거든? 근데 걔 얼굴이 떠올라서 차마 못 먹겠더라."

　내 눈치를 살핀 재현이 뒷머리를 긁적이며 말했다.

　"걔 마음이잖아. 이거."

　나는 그의 손에 들린 우유를 바라봤다. 바닥에 한번 떨어트려서 그런지 모서리가 구겨져 있었다. 재현은 대답이 없는 내게 다정한 목소리로 덧붙였다.

"네가 이런 거 부담스러워 하는 거 알아. 근데 난 그렇게 생각해. 세상에는 네 실력과 성적만 보고 널 좋아하는 사람도 있겠지만, '김유영'이라는 사람 자체를 좋아해 주는 사람도 있을 거라고."

나 자체를 좋아해 주는 사람? 고개를 들어 재현을 쳐다봤다. 한 번도 그런 생각을 해 본 적이 없어서 그런지 그저 재현의 이야기가 낯설었다.

"그리고 난 어제 걔가 그런 애처럼 보였어. 성적과 상관없이 널 좋아하고 응원해 줄 사람."

희미하게 미소 지은 재현이 내게 우유를 건네곤 후다닥 육교로 올라갔다. 나는 가만히 서서 육교를 뛰어 올라가는 그를 눈으로 좇았다. 어찌나 빠른지, 재현은 시야에서 금세 사라졌다.

나는 우유를 물끄러미 바라보다 입구를 열어 한 모금 들이켰다. 달콤한 딸기향이 입안 가득 퍼졌다. 그렇게 우유를 홀짝이며 아파트 단지로 향했다. 혀끝에 감도는 달콤함이 그리 나쁘지 않았다.

다 마셨을 때 즈음엔 어느새 집 앞이었다. 입가를 훔치며 현관문 비밀번호를 눌렀다. 그런데 문을 당기는 순간, 거실에 물컵을 들고 서 있는 아빠의 모습이 보였다.

단숨에 졸음이 달아난 나는 눈을 크게 떴다. 식탁에 컵을 내려놓은 아빠가 거실 시계를 쳐다본 뒤 내게 다가왔다.

"나갔다 온 거야? 이 시간에?"

"어?"

나는 눈이 휘둥그레진 아빠를 바라보며 입술을 잘근거렸다. 하필 아빠가 물 마시러 나온 시간에 들어올 게 뭐람. 아빠의 빤한 시선을 피하며 급하게 신발을 벗었다.

"잠이 안 와서. 가볍게 한 바퀴 돌고 왔어."

아빠에게 들킬지도 모른다는 생각에 심장이 마구 울렸다. 혀로 마른 입술을 슬쩍 문지른 나는 손에 든 수영 가방을 등 뒤로 최대한 감추며 몸을 움직였다.

"이제 들어가서 잘게."

급하게 방으로 들어가려는데 어깨가 턱 잡혔다. 놀라서 쳐다보니 아빠가 심각한 표정을 짓고 있었다.

"잠이 안 와? 왜? 언제부터?"

"아, 그게…."

"불면증은 저번에 치료받고 나아지지 않았어? 그새 또 안 좋아진 거야?"

나는 아빠의 질문 세례를 받으며 조용히 안도했다. 아빠가 지적한 게 등 뒤에 숨긴 수영 가방이 아니라 불면증이라서 천만다행이다. 손으로 가방을 꾹 움켜쥔 채 가슴을 쓸어내렸다.

"그런 일이 있으면 아빠한테 말을 했어야지. 잠이 얼마나 중요한데."

또 시작이다. 내 말 한마디에 안절부절못하는 거. 나는 심각해진 아빠의 목소리를 들으며 발끝을 내려다봤다. 거짓말을 들킬까 봐 고개를 들 수가 없었다.

"아냐, 그냥… 오늘만 좀 잠이 안 온 거야."

그제야 안도한 아빠가 길게 숨을 내뱉으며 머리를 쓸었다.

"그래도 이 시간에 나가는 건 안 돼. 요즘 세상이 얼마나 위험한데. 무슨 일이 있을 줄 알고."

"알겠어."

심란한 표정으로 서 있던 아빠가 어깨에 얹은 손을 뗐다.

"기다려 봐. 아빠가 물 따뜻하게 끓여 줄게. 그런 거 마시지 말고."

아빠는 내 손에 들린 우유를 쳐다본 뒤 부엌으로 들어갔다. 나는 전기 포트에 물을 채워 넣는 소리를 들으며 방 안으로 들어왔다. 등 뒤로 숨기고 있던 수영 가방을 내려놓고 침대에 앉자 그제야 숨통이 트였다. 하마터면 큰일 날 뻔했다. 나는 어깨를 늘어트리며 한숨을 내뱉었다. 심장이 물 밖으로 나온 고기처럼 빠르게 팔딱거렸다.

❖

"어때? 잘하지? 나 좀 선수 같지 않아?"

재현이 다솜에게 수영 실력을 자랑하며 어깨를 으쓱거렸다. 이제 겨우 킥판 없이 수영을 할 수 있게 된 것뿐인데, 그마저도 좋은 것 같았다. 휴대폰으로 어제 찍은 자유형 영상을 본 다솜이 눈썹을 비스듬히 세우며 대꾸했다.

"아니. 완전 어설퍼 보이는데?"

다솜이 영상을 돌려보며 턱끝을 만지작거렸다. 수영에 대해 전혀 모르는 사람이 봐도 재현의 자세가 어색해 보이는 모양이었다. 다솜은 예상 밖의 반응에 당황한 재현을 쳐다보며 샤프를 돌렸다.

"이래서 1등 할 수 있겠어? 대회 다음 달이라며."

재현에게 들어 수영 과외에 대해 알고 있는 다솜이 심각한 표정을 지었다. 책상에 걸터앉아 있던 재현이 바닥으로 폴짝 내려오며 목소리를 높였다.

"당연히 하지, 왜 못 해! 다음 달까지 충분해. 하고도 남아."

재현이 근거 없는 자신감을 보이며 주먹을 불끈 쥐었다. 의욕만큼은 1등을 하고도 남을 수준이었다. 나는 아빠가 싸 준 샌드위치를 한입 베어 물며 자신만만한 재현을 쳐다봤다.

샤프를 내려놓은 다솜이 문제집을 덮으며 화제를 돌렸다.

"그런데 나, 뭐 하나만 물어봐도 돼?"

다솜이 점심 대용으로 산 매점 햄버거를 손에 들고 우리 두 사람을 쳐다봤다. 무슨 이야기인지는 몰라도 궁금해 죽겠다는 얼굴이었다. 재현과 나는 고개를 끄덕이며 각자 단백질 바와 샌드위치를 먹었다.

"너희 말이야. 혹시 사귀어?"

재현과 나의 눈이 동시에 커다래졌다. 다솜은 당황한 우리의 반응을 보며 햄버거 포장을 벗겼다.

"아니, 애들이 다 그렇게 말하길래. 너희 사귀는 것 같다고."

텅 빈 교실을 바라보며 샌드위치를 삼켰다. 그런 소문이 돌고 있는 줄 전혀 몰랐네. 나는 뺨을 볼록하게 부풀린 채 굳어 있는 재현을 쳐다보며 입가에 묻은 소스를 닦았다. 하긴, 쉬는 시간마다 내 자리로 찾아오는 재현을 보면 그런 말이 도는 것도 이상하지 않았다. 오렌지 주스 팩에 빨대를 꽂으며 답했다.

"아니야. 그런 거."

"어, 맞아. 아니야."

단백질 바를 마저 삼킨 재현도 세차게 손을 흔들었다. 하지만 그 모습이 영 어색하기 짝이 없었다.

"진짜? 어째 좀 수상한데."

다솜이 나와 재현을 의미심장한 눈으로 쳐다봤다. 우리가 거짓말을 하고 있는 건 아닌지 의심하는 듯했다. 눈썹을 비스듬히 세운 다솜이 햄버거를 크게 베어 물었다.

"아니, 그렇잖아. 아무도 없는 수영장에 단둘이 있는데 어떻게 마음이 안 생겨?"

다솜이 햄버거를 오물거리며 우리를 추궁했다.

"진짜 아니야?"

순간 어젯밤 수영장에서 있었던 일이 떠올랐다. 손이 겹쳐지고, 시선이 맞닿던 순간이. 재현과 나 사이에 감돌던 묘한 기류를 떠올린 나는 오렌지 주스를 쭉 빨아들였다. 이상하게 얼굴에 열이 오르면서 목이 말랐다.

"아니야. 진짜로."

남은 주스를 한 번에 비우곤 재현을 힐끗 쳐다봤다. 딴청을 피우며 창밖을 바라보는 모습이 어쩐지 나와 같은 생각을 하고 있는 것 같았다.

점심 식사를 마친 후, 훈련에 가기 위해 짐을 챙겼다. 여느 때처럼 재현이 교문까지 데려다 주겠다고 했지만 단호하게 거절했다. 그런 이야기를 들은 직후라서 그런지 식사를 마치고 교실로 돌아온 애들이 재현과 나를 힐끔거리는 것 같았다.

"그럼 간다."

나는 벌떡 일어서는 재현을 억지로 의자에 앉히고 모의고사 문제집을 풀고 있는 다솜에게 손 인사를 건넨 후 교실을 나섰다.

복도는 점심 식사를 마치고 돌아온 애들로 북적이고 있었다. 뛰어다니는 애들을 지나쳐 계단을 내려가는데, 밑에서 올라오는 애들 중 하나가 눈에 익었다. 지난 번 내게 고백한 그 아이였다.

나는 그대로 멈춰 섰다. 얼마 지나지 않아 나를 발견한 그 아이도 마찬가지였다. 시선을 아래로 떨군 채 입술만 달싹였다. 불현듯 지난번 일이 떠올라 마음이 불편했다. 싸늘한 내 반응에 당황하던 얼굴이 생생했다.

그렇게 슬리퍼만 쳐다보며 서 있을 때였다. 아이가 내 옆을 스쳐 지나가는 게 느껴졌다. 나는 계단을 올라가는 아이의 뒷모습을 바라보다 용기를 내어 입을 열었다.

"저기…!"

아이가 계단을 오르다 말고 뒤를 돌아 나를 쳐다봤다. 자신을 부를 줄은 몰랐다는 표정이었다. 나는 동그래진 아이의 눈을 쳐다보며 백팩 어깨끈을 손톱으로 긁었다.

"저번 일은 미안. 시합 때문에 내가 좀… 예민해져 있었나 봐."

그날 이후로 종종 생각났다. 눈을 질끈 감은 채 고백하던 얼굴과 떨리는 손으로 건네던 우유, 차가운 내 반응에 흔들리던 눈동자가. 나는 쇳덩이가 얹힌 듯 가슴이 답답해짐을 느끼며 시선을 아래로 떨궜다. 슬리퍼 사이로 꼼지락대는 발끝만 쳐다보고 있는데 머리 위에서 밝은 목소리가 들려왔다.

"괜찮아! 그럴 수도 있지 뭐. 나였어도 부담스러웠을 것 같아."

손을 내저은 아이가 가지런한 치아를 드러내며 웃었다.

"먼저 이야기해 줘서 고마워. 말 꺼내기 어려웠을 텐데."

나는 대답 대신 고개를 저었다. 그저 미안하다는 말 한마디 했을 뿐인데 오히려 감동을 받은 듯한 반응을 보이니 더 민망했다.

밀려오는 쑥스러움에 슬리퍼로 계단 바닥을 문지를 때였다.

"나 앞으로도 쭉 네 팬 할게! 네가 잘하든 못하든!"

고개를 번쩍 들었다. 문득, 어제 재현에게 들었던 말이 떠올랐다. 성적과 상관없이 나라는 사람 자체를 좋아해 주는 사람이 있을 거라던 그 이야기가.

"김유영 파이팅!"

나는 활짝 웃으며 계단을 올라가는 아이를 눈으로 좇았다. 머리를 한 대 맞은 듯한 묘한 기분이 들었다.

발각

어느덧 열세 번째 수업이었다. 팔짱을 낀 채 1번 레인에서 헤엄치는 재현을 지켜봤다. 처음엔 언제 수영을 가르치나 싶었는데, 이젠 혼자 자유형을 할 수 있을 정도로 성장했다. 나는 매일 나보다 한 시간 일찍 와서 연습하던 재현을 떠올리며 코끝을 만지작거렸다. 늦은 시간까지 연습실에서 노래와 안무 연습 후 수영을 하러 오는 일이 쉽지가 않았을 텐데, 새삼 대단하다는 생각이 들었다. 그만큼 재현이 얼마나 간절하게 이 대회를 준비하고 있는지도 느껴졌고.

레인 끝에 다다른 재현이 가쁘게 호흡하며 물안경을 벗었다. 그러곤 자신이 헤엄쳐 온 거리를 멍하니 쳐다보더니 감격에 젖은 목소리로 물었다.

"봤어? 나 혼자 힘으로 여기까지 온 거?"

믿기지 않는 듯 손으로 눈두덩을 비빈 재현이 이내 입을 틀어막았다. 킥판을 끼고 연습하던 때가 엊그제 같은데, 혼자 힘으로 여기까지 온 것에 감동한 것 같았다. 재현이 물속에서 발을 동동 구르며 덧붙였다.

"역시 노력은 사람을 배신하지 않는다는 말이 맞았어."

나는 크게 감격한 재현을 보며 픽 웃음을 터트렸다. 뛸 듯이 좋아하는 모습을 보니 아주 오래전의 내 모습이 떠올랐다.

물 밖으로 나온 재현이 레인 끝에 걸터앉으며 수영모를 벗었다.

"재미있다, 수영. 처음엔 더럽게 안 늘어서 막 짜증 나고 그랬는데."

과외 초반에 나에게 혼이 났을 때를 말하는 것 같았다. 재현이 뿌듯한 미소를 지으며 덧붙였다.

"네가 왜 수영을 하는지 알 것 같아. 헤엄쳐서 나아갈 때의 쾌감도 있고."

나는 신이 난 재현을 바라보며 과거를 떠올렸다. 나 역시 재현처럼 수영이 너무 좋아 어쩔 줄 모르던 때가 있었다. 매일매일 설레고 재미있었던 때가. 달콤 쌉싸름한 기억을 떠올리며 손톱을 만지작거렸다. 분명 그 시절의 내가 커서 지금의 내가 된 건데 어쩌다 이렇게 된 걸까. 작게 한숨을 삼키는데, 재현이 조금 난데없는 질문을 했다.

"근데 말이야. 왜 하필 몽골이야?"

"어?"

"많고 많은 나라 중에 왜 하필 도피처를 몽골로 골랐냐고."

상념에 빠져 있던 나는 담담한 목소리로 답했다.

"몽골엔 물이 없으니까."

"어?"

"물이 없으면 수영 생각이 안 날 거 아니야. 하고 싶어도 할 수 없을 테고."

물 한 방울이 귀한 몽골에서라면 수영은 꿈도 꿀 수 없을 것이다. 그러면 수영에 대한 미련도 금세 없어질 테고. 나는 놀란 재현에게 웃으며 말했다.

"거기 가면 그냥 아무 생각 없이 누워서 별 보고 싶어. 더는 이런 초조함이나 불안감 느끼지 않으면서."

나는 별을 바라보듯 수영장 천장을 바라봤다. 상상만으로도 답답했던 마음이 뻥 뚫린 것처럼 시원해졌다. 가만히 나를 응시하던 재현이 조심스레 물었다.

"그럼 거기 가면 다시는 수영 안 하겠다는 거지?"

"응."

"그래도 괜찮아? 정말 수영을 못 하게 돼도?"

재현의 물음에 잠시 멈칫했다. 수영을 영영 못 할지도 모른다고 생각하니 가슴에 알 수 없는 허전함이 밀려왔다. 수영뿐이었던 삶에서 수영을 덜어 내면 어떻게 될지 두렵기도 했다. 나는 길었던 13년을 돌아보며 웃었다.

"언젠가는 괜찮아지겠지, 뭐."

당장 허전함이 채워지진 않겠지만, 시간이 지나면 괜찮을 것이다. 애써 미소를 짓고는 찰박거리며 물장구를 쳤다. 힘차게 발을 움직인 탓에 얼굴에 물방울이 튄 것은 찰나의 일이었다. 손으로 얼굴을 훔치려는 순간, 부드러운 손길이 뺨을 어루만졌다. 나는 눈을 동그랗게 뜬 채 뺨을 닦아 주는 재현을 쳐다봤다. 느닷없이 다가온 손길과 뜨거운 체온 때문에 심장이 빠르게 쿵쾅거렸다. 놀란 내 표정에 흠칫한 재현이 황급히 손을 거뒀다. 뺨이 홧홧해지는 것을 느끼며 입술을 달싹였다. 슬쩍 재현을 쳐다보니 그도 얼굴을 붉힌 채 목덜미를 만지작거리고 있었다. 우리는 어색해진 공기를 느끼며 서로 다른 곳을 쳐다봤다.

그때, 난데없이 문이 열리는 소리가 들렸다.

"…아빠?"

남자 샤워실 문을 열고, 아빠가 서 있었다. 나는 소스라치게 놀라며 자리에서 일어났다. 아빠 뒤에는 재현의 삼촌이 난감한 얼굴로 머리를 긁적이며 서 있었다.

나는 경직된 표정의 아빠를 보곤 입을 뻐끔거렸다. 심장이 발밑으로 떨어진 것 같았다.

"유영아."

나와 재현을 번갈아 쳐다본 아빠가 뺨을 한 대 맞은 듯한 표정으로 다가왔다. 충격을 받은 눈동자가 쉴 새 없이 떨리고 있었다. 이윽고 아빠가 갈라진 음성으로 물었다.

"너 대체 여기서 뭐 하는 거야."

나는 아무 대답도 하지 못하고 목울대를 움직였다. 아빠를 마주 보고 서 있는 이 순간이 기나긴 영원처럼 느껴졌다.

◆

　결국, 아빠의 손에 끌려 체육관을 나왔다. 나는 억지로 걸음을 옮기며 인상을 찌푸렸다. 아빠에게 붙잡힌 손목이 얼얼했다.

　성큼성큼 앞서 걷던 아빠가 우뚝 걸음을 멈춘 뒤, 나를 쳐다봤다.

　"지난번부터 이상하다 했어. 생전 그러지 않던 애가 밤늦게 돌아다닐 때부터 뭔가 이상했다고."

　아빠가 잡고 있던 내 손목을 놓으며 한숨을 쉬었다.

　"유영아, 너 국가대표야. 당장 아시안게임이 코앞이라고. 지금이 얼마나 중요한 시기인지 몰라?"

　안다. 그래서 더 도망치고 싶었다. 날짜가 다가올 때마다 숨이 막혀서. 지난번 시합 때와 같은 일을 또다시 겪고 싶지 않아서. 나는 시선을 떨군 채 아빠의 말을 잠자코 들었다.

　"이성에 관심 많은 시기인 거 알아. 그래도 지금은 아니야. 지금은 그런 거에 관심 가질 때가 아니라고! 그리고 하필 어울려도 저런 질 나쁜 애랑…!"

　아빠가 말을 하다 말고 이마를 짚었다. 화를 참는 듯했다. '질 나쁜 애'라는 이야기에 잠시 욱한 나는 거칠어진 호흡을 가다듬는 아빠를 쳐다보며 이를 악물었다. 재현에 대해 아무것도 모르면서 그렇게 말하는 것에 화가 치밀어 올랐다. 겨우 분노를 가라앉히고, 입을 열었다.

　"걔랑 사귀는 사이 아니야. 아빠가 생각하는 그런 거 아니라고."

"그럼 뭔데."

"그냥 수영 가르쳐 준 거야. 그것 말곤 아무것도 없었어."

"아무도 없는 수영장에서 다 큰 애들 둘이?"

역시나 아빠도 믿지 않는 눈치였다. 처음에 재현의 삼촌이 그랬던 것처럼. 나는 의심 가득한 아빠의 눈동자를 똑바로 바라보며 힘주어 말했다.

"진짜야. 맹세할 수 있어. 정말 수영만 가르쳐 줬다고."

"설령 그렇다 해도 안 돼. 이 시간에 나오는 것도 그렇고, 수영 가르쳐 주는 것도 안 돼. 싹 다 안 된다고."

단호한 목소리가 가슴에 파고들었다. 나는 입술 끝을 물었다. 아빠에게 들킨 순간 이렇게 될 거라고 예상했지만, 그럼에도 참담한 마음을 감출 수가 없었다. 아빠가 바닥만 내려다보는 내게 한마디 더 쏘아붙였다.

"그리고 내일부턴 오전에도 연습할 거니까 그런 줄 알아."

"아빠!"

갑작스러운 이야기에 나는 언성을 높였다. 아무렴 화가 났다고 해도 학교까지 못 가게 하는 건 너무한 처사였다. 아빠가 말문이 막힌 나를 서늘한 눈빛으로 바라봤다.

"네가 자초한 거야. 그러니까 더 고집부려도 소용없어."

아빠는 싸늘하게 대꾸하고는 나를 두고 걸어갔다. 설득할 생각 하지 말라는 뜻이었다. 나는 멀어지는 아빠의 모습을 보며 입술을 물었다. 재현의 시합이 코앞인데, 여기서 코칭을 끝내야 한다는 사실이 뼈아프게 다가왔다. 아직 가르쳐 줄 것들이 많은데. 이렇게 끝내선 안 되는데. 점점 더 멀어지는 아빠를 멍하니 바라보다 두 손에 얼굴을 묻었다. 암담한 상황에 한숨이 쏟아졌다.

폭풍전야

다음 날, 백팩을 챙겨 일찌감치 집을 나왔다. 아빠가 차에 시동을 걸고 기다리고 있었다. 뒷좌석에 올라타 창밖을 바라봤다. 평소 같았으면 아빠와 이런저런 이야기를 나눴겠지만, 차 안에는 침묵만이 감돌았다.

체육관 앞에 도착하자 차에서 먼저 내린 나는 아빠를 두고 수영장이 위치한 지하로 향했다. 탈의실로 들어가는데, 문득 재현 생각이 났다. 어제 설명도 제대로 하지 못하고 그냥 헤어졌으니까.

휴대폰을 확인하니 역시나 재현에게서 부재중 전화와 메시지가 잔뜩 와 있었다. 어젠 잘 들어갔냐, 학교에는 왜 안 오냐, 무슨 일 있는 거냐 등의 내용이었다. 걱정 가득한 메시지를 바라보다가 빠르게 답장을 보냈다.

― 나 오늘부터 학교 못 가. 더는 수영 과외도 못하고.

메시지를 입력하는데 실망할 재현의 모습이 그려졌다. 나는 씁쓸함을 안고 메시지를 마저 입력했다.

― 그러니까 기다리지 마. 미안.

마지막 메시지를 보내고 휴대폰을 사물함 안에 집어넣었다. 수영복으로 갈아입고 나오는데, 저 멀리 대기실 유리창 너머에서 나를 지켜보는 아빠의 모습이 보였다. 나는 내게서 눈을 떼지 않는 아빠를 보며 쭉 뻗은 팔을 옆으로 기울였다. 감시당하는 느낌이 들어 가슴이 답답해졌다.

"저렇게까지 딸 위하는 아버지 또 없다, 어?"

"네?"

어느새 코치님이 옆에 다가와 있었다. 그는 아빠와 눈인사를 나누며 말을 덧붙였다.

"자기 생활도 버리고 자식 뒷바라지하는 거 진짜 쉽지 않은 일이라고."

안다. 그래서 더 부담을 느끼는 거고. 나는 스트레칭을 멈추고 아빠를 바라봤다. 아빠의 잃어버린 시간을 어떻게 보상해 줘야 할까. 나는 가만히 서 있지 말고 얼른 스트레칭하라는 아빠의 말을 입모양으로 알아듣고 다시 몸을 움직였다.

"그러니까 잘해, 임마. 늘 감사하게 생각하고."

코치님이 코를 찡긋거리며 내 어깨를 가볍게 툭 쳤다. 하지만 나는 그 말을 온전히 받아들일 수가 없었다. 나를 향한 아빠의 모든 관심과 애정, 헌신, 기대를 숨 막힌다고 생각하면 그건 잘못된 걸까? 내가 너무 배부른 소리를 하고 있는 걸까? 단 한 번도 아빠가 이렇게 희생하길 원한 적이 없는데. 나는 발목을 가볍게 돌리며 생각에 잠겼다.

"자, 그럼 이제 슬슬 시작해 볼까. 일단 가볍게 다섯 바퀴?"

"네."

고개를 끄덕이고 코치님을 따라 빈 레인으로 향했다. 물안경을 착용한 뒤 물속으로 미끄러지듯 들어가는데, 불현듯 그런 생각이 들었다. 예전엔 물속에 있을 때 가장 자유롭다고 느꼈는데, 지금은 물속에 있는 걸 가장 답답하게 여긴다는 걸. 어느 순간부터 수영에 대한 즐거움은 사라지고, 성적에 대한 부담감만 남았다는 걸.

동시에 그런 생각도 들었다. 이렇게 힘들고 고통스러운 게 인생일까? 꼭 이렇게 힘겹게 성취를 해야 되는 걸까? 설령 이런 과정을 거쳐 목표 지점에 다다른들 무슨 의미가 있을까. 과정이 행복하질 않은데. 지금 내가 행복하지 않은데.

레인 끝에 다다라 매끄럽게 턴을 한 뒤 발끝을 움직였다. 앞으로 나아가는 이 과정이 모두 부질없이 느껴졌다. 입술을 굳게 다물고, 팔을 휘저었다. 많은 생각이 휘몰아치는 훈련이었다.

❖

훈련을 마치고, 아빠와 함께 집으로 돌아왔다. 평소보다 훈련 강도가 셌던 탓에 몸에 힘이 하나도 없었다. 비실비실 걸어가 방문을 열자 놀라운 광경이 펼쳐졌다. 얼마 전에 버렸던 메달과 상패들이 전부 말끔하게 고쳐져 방 한 켠에 전시돼 있었다.

"하…."

분명 전부 쓰레기통에 넣었는데. 황당함에 말을 잇지 못하던 나는 안방 문을 노려봤다. 이런 짓을 할 사람은 한 명밖에 없으니까. 손바닥에 손톱이 파이도록 주먹을 움켜쥐며 분노를 삼켰다. 가뜩이나 몸도 피곤한데, 이런 걸로까지 날 미치게 하는 아빠를 이해할 수 없었다. 내가 어떤 마음으로 저걸 버렸는데. 충격에 사로잡혀 입술을 바들거릴 때였다. 손에 쥐고 있던 휴대폰이 짧게 진동했다. 재현이 보낸 메시지였다.

— 네가 뭐가 미안해. 내가 더 미안하지. 넌 아무 잘못도 없어.
— 연습은 이제 나 혼자 할게. 안 그래도 네 시간 너무 뺏는 것 같아서 미안하던 참이었어.

휴대폰을 만지작거렸다. 괜찮다는 재현의 말이 전혀 위로가 되지 않았다. 도리어 미안함만 커졌지. 메시지를 확인한 후 침대에 누워 멍하니 천장을 올려다봤다.

그렇게 얼마나 지났을까. 슬그머니 침대에서 일어났다. 엄마 아빠가 자고 있지는 않을까 싶어서였다. 그러면 다시 나갈 수 있을지 모른다. 물론 또 나갔다가 걸리면 아빠가, 에이, 모르겠다.

숨을 죽인 나는 슬그머니 문을 열고 방 밖으로 나왔다. 조용한 걸보니 역시나 자고 있는 것 같았다. 그렇게 안도하는 순간, 어두컴컴한 거실에 인영이 하나 보였다. 아빠가 눈을 감은 채 홀로 소파에 앉아 있었다. 소스라치게 놀란 나는 소리가 새어 나갈까 봐 입을 틀어막았다. 내 인기척에 눈을 뜬 아빠가 물었다.

"왜."

아무래도 내가 또 나가지 못하도록 거실에서 지키고 있었던 것 같다. 아빠의 치밀함에 놀라 굳은 나는 입을 열어 겨우 대답했다.

"물… 좀 마시려고."

빤히 쳐다보는 아빠의 시선을 느끼며 부엌으로 몸을 틀었다. 잠도 자지 않고 감시하고 있는 아빠를 보고 있자니 기가 막혀 말이 나오질 않았다. 물컵에 물을 한가득 따라 벌컥벌컥 마셨다. 이 집에서 내게 허락된 자유는 아무것도 없다는 생각에 분노가 끓어올랐다.

탁 소리 나게 컵을 내려놓고 방으로 향했다. 그러자 역시나 등 뒤로 따가운 시선이 느껴졌다.

"얼른 자. 내일 또 아침부터 훈련 있으니까."

손을 움켜쥔 채 뒤를 돌아봤다. 아빠가 의아한 눈빛으로 물었다.

"왜? 무슨 할 말 있어?"

할 말이라면 많았다. 대체 왜 이렇게까지 하는 거냐고, 날 어디까지 감시하고 옥죌 셈이냐고, 내가 버린 상패와 메달들은 왜 다시 가져다 둔 거냐고 묻고 싶었다. 하지만 막상 그 말들을 꺼내려니 입이 떨어지지 않았다. 꺼내면, 분명 아빠와 싸우게 될 테니까. 이번에도 목구멍에서 넘실거리는 말을 삼키며 나는 고개를 저었다.

"…아냐, 아무것도."

늘 그랬듯이 꾹 눌러 담고, 방으로 들어와 문을 닫았다. 그러고는 아빠가 복원한 상패와 메달들을 다시 떼어 내 옷장 안쪽에 처박아 놨다. 그럼에도 분이 풀리질 않아 쾅 소리 나게 옷장 문을 닫고 침대에 누워 한숨을 터트렸다. 종일 계속된 훈련으로 몸은 너덜너덜해진 상태였지만, 왈칵 터진 분노에 쉽게 잠들지 못할 것 같은 기분이 들었다.

❖

그 후로 매일 같은 날들이 계속됐다. 나는 수영장과 피트니스 센터, 병원을 오가며 훈련에 매진했다. 하지만 그토록 많은 시간과 노력을 투자했음에도 불구하고, 기록은 여전히 나아지지 않았다. 아니, 되레 더 나빠졌다. 그러자 아빠는 훈련 스케줄을 더욱 타이트하게 짜며 나를 극단으로 몰아세웠다. 그럼에도 내 기록이 좀처럼 향상되지 않자 초조한 것 같았다. 대회는 가까워져 오는데 기록은 제자리걸음이니, 당연한 일이었다.

나는 점점 더 메말라 갔다. 숨 쉴 구멍을 잃은 나는 뭍 위의 물고

기나 마찬가지였다. 천천히 숨이 멎어 가는 물고기. 숨통이 조여 올 때마다 아빠에게 묻고 싶었다. 대체 무얼 위해 이렇게까지 해야 되는 거냐고. 이런 삶에 무슨 의미가 있는 거냐고. 매 순간이 힘겹고 고통스럽다면, 그건 잘못된 길로 가고 있는 게 아니냐고.

파열

"수고했어."

오후 훈련을 마친 후 아빠 차에 올라탔다. 휴대폰을 확인하니 어느새 저녁이 다 돼 있었다. 노을이 지는 하늘을 바라보며 피로감을 달래는데, 창밖으로 교복을 입고 지나가는 학생들이 보였다. 천진난만한 모습이 보기 좋았다. 나는 그들의 모습을 눈으로 쫓았다.

다들 잘 지내고 있는 건가. 우다다 뛰어가는 애들을 보고 있으니 옆자리에서 매일 아이돌 이야기를 재잘거리던 다솜과 쉬는 시간마다 내 자리로 찾아와 시답지 않은 농담을 하던 재현이 떠올랐다.

조수석 손잡이를 움켜쥔 채 하교하는 애들을 구경할 때였다. 차분한 아빠의 목소리가 귓속을 파고들었다.

"아빠 말 들었어?"

"어?"

창밖으로 향하던 시선을 아빠에게로 돌렸다. 아빠의 표정이 이루 말할 수 없이 딱딱해져 있었다.

"너 진짜 왜 그래? 종일 딴생각하고, 아빠 말에 대답도 안 하고."

또 시작이다. 요즘 아빠는 하루가 멀다 하고 내게 잔소리를 퍼부었다. 이전까진 과한 헌신과 기대로 부담을 주긴 했어도 다그치진 않았는데, 요즘엔 모든 말에 날이 서 있다.

"내가 뭘."

"태도가 영 불량하잖아. 훈련에도 집중 안 하고."

불량? 아빠 눈에는 안간힘을 다해 버티는 내 모습 따윈 티끌만큼도 보이지 않는 것 같았다.

"대체 뭐가 불량한데? 내가 훈련을 거부하길 했어, 아님 사고를 치길 했어? 종일 쳇바퀴만 구르는 햄스터마냥 수영장에서 살다시피 하는데, 대체 어디가 어떻게 불량하다는 건데?"

아파트 앞에 차를 주차한 아빠가 시동을 끄며 언성을 높였다.

"지금 그 태도가 불량하다는 거야. 아빠한테 따박따박 말대꾸하는데 그럼 안 불량해? 지금 어디서 큰소리야?"

백미러를 통해 아빠와 눈을 마주친 나는 이를 악물었다. 몇 주간 쌓일 대로 쌓인 분노가 당장이라도 터져 오를 듯 바글바글 끓었다. 아빠가 매섭게 노려보며 다그쳤다.

"대체 왜 이래? 온전히 수영에만 집중해도 모자랄 시기에 왜 이렇게 엇나가는 거냐고! 너 지금 이 대회가 너한테 얼마나 천금 같은 기횐지 몰라? 네 인생을 좌지우지할 대회라는 걸 몰라서 그러냐고!"

고작 대회 하나에 인생이 좌지우지된다니, 황당함이 밀려왔다. 동시에 깨달았다. 이 대회마저 망치게 되면, 나는 아빠에게 아무런 가치도 의미도 없을 거라는 걸.

"응. 모르고, 알고 싶지 않아. 그리고 대회가 그렇게 중요하면 아빠가 나가. 그렇게 트로피가 중요하면, 아빠가 나가서 아빠 힘으로 타라고. 난 이제 다 지긋지긋하니까."

기막혀 하는 아빠를 두고 차 문을 열었다. 더는 아빠와 한 공간에 있고 싶지 않았다.

집으로 먼저 올라온 나는 곧장 방으로 들어가 숨을 내쉬었다. 혼자 있게 되니 그제야 숨통이 트이는 것 같았다. 마라톤을 한 사람처럼 크게 숨을 내뱉고, 고개를 들었다. 그러자 소름 끼치는 장면이 눈에 들어왔다. 꼴도 보기 싫어 옷장 안에 처박아 뒀던 상패와 메달들이 아무 일도 없었다는 듯 다시 책장에 놓여 있었다.

피가 거꾸로 솟구쳤다. 억누르고 있던 분노가 폭발하는 순간이었다. 나는 옷장 안에서 옷가지가 담긴 박스 하나를 꺼내 뒤집었다. 차곡차곡 정리돼 있던 옷들이 발밑으로 우수수 떨어지며 방안을 어지럽혔지만 상관없었다. 발끝으로 옷들을 치우곤 빈 박스에 상패와 메달들을 마구잡이로 집어넣은 뒤 방을 나섰다.

때마침 들어온 아빠가 백팩을 멘 채 박스를 든 내 모습을 보고 물었다.

"어디 가?"

나는 대꾸없이 신발을 꿰어 신었다. 더는 아빠와 말 섞고 싶지 않왔다. 그러자 아빠가 집을 나서려는 나를 저지했다.

"아빠가 묻잖아. 어디 가냐고."

기어이 내 앞을 가로막은 아빠가 상자를 확인했다. 그간 내가 딴 모든 메달과 상패가 한데 들어 있는 것을 본 아빠는 그대로 굳어 아무 말도 하지 못했다. 나는 경직된 아빠를 바라보며 싸늘하게 대꾸했다.

"버리려고. 이제 나한테 필요 없어서."

"뭐?"

"버릴 거라고. 전부 다."

또다시 방 한 켠에 전시돼 있는 상패와 메달들을 본 순간 깨달았다. 아빠는 내가 어떤 미래를 그리는지, 어떤 마음으로 하루를 버티는지 같은 건 안중에도 없다는 걸. 아빠에게는 그저 수영 선수로 잘 나가는 딸 김유영이 훨씬 중요한 것 같았다. 그러니 여기서 끝을 보지 않으면, 이 지긋지긋한 굴레는 앞으로도 계속될 거였다.

"너 진짜…!"

미간을 사정없이 일그러트린 아빠가 내게 손을 내밀었다.

"그거 당장 이리 내."

"싫어."

상자를 빼앗기지 않으려고 손에 힘을 줬다. 이 상패와 메달들이 다시 아빠의 손에 넘어가는 꼴은 절대로 보고 싶지 않았다. 아빠가 상자를 우악스럽게 잡아당기며 소리쳤다.

"이리 내라니까! 김유영!"

"싫다고!"

나는 박스를 빼앗기지 않으려 안간힘을 썼다. 하지만 나보다 체격이 훨씬 큰 아빠를 이기기는 쉽지 않았다. 결국 박스가 엎어지며 온갖 상패와 메달들이 바닥으로 쏟아졌다. 그 순간, 귓가에 날카로운 파열음이 들렸다. 우리는 실랑이를 멈추고 바닥을 내려다봤다. 아빠가 가장 아끼는 상패가, 내가 처음 수영 대회에 나가서 탄 상패가 처참하게 박살 나 있었다. 황망한 눈빛으로 바닥을 응시하던 아빠가 나를 쳐다봤다.

"너….'"

나는 놀란 나머지 주춤거리며 뒷걸음질했다. 당혹스러운 건 나도 마찬가지였다. 상패가 깨질 거라곤 생각도 못 했으니까. 눈만 깜빡이던 나는 서둘러 현관문 손잡이를 잡았다. 도망쳐야겠다는 생각밖에 들지 않았다. 그런데 현관을 나서려는 순간, 팔이 쭉 당겨졌다.

"대체 왜 이래? 뭐가 문제여서 이렇게 막 나가는 거냐고! 어?!"

처음이었다. 아빠가 내게 이 정도로 언성을 높인 건. 나는 파르르 떠는 아빠를 두 눈에 담았다. 평소의 조곤조곤하고 온화한 모습은 조금도 찾아볼 수 없었다.

"너 이런 애 아니었잖아, 유영아. 근데 갑자기 왜 이래! 무슨 바람이 불어서 이렇게 엇나가! 어?"

모든 문제가 내게 있다고 생각하는 아빠를 보며 꾹 참기만 했던 지난날들에 대한 후회가 밀려왔다. 이럴 줄 알았으면 고분고분 시키는 것만 하면서 괜찮은 척 굴지 않는 거였는데. 아무런 문제없는 척 굴지 않는 거였는데.

"뭐 때문이겠어? 누구 때문이겠냐고."

"뭐?"

"내가 이렇게 말하는데도 아빠 정말 모르겠어?"

내 팔을 잡고 있던 아빠의 손이 스르륵 떨어졌다. 반쯤 넋을 잃은 표정이 꼭 찬물 세례를 받은 사람 같았다.

"지금 네가 이렇게 된 게 다 아빠 탓이라는 거야…?"

기어이 아빠 입에서 의도했던 답이 튀어나왔다. 나는 기다렸다는 듯 쌓였던 원망을 줄줄이 토해 냈다.

"응. 다 아빠 탓이야. 내가 이렇게 슬럼프를 겪는 것도, 수영이 지긋지긋해진 것도, 다 때려치우고 사라지고 싶은 것도 전부 다 아빠 때문이야. 아빠가 날 이렇게 만든 거라고. 그래서 이 지경까지 와 버린 거라고. 알겠어?"

꼭 한번은 이렇게 소리치고 싶었다. 아빠가 날 망친 거라고! 그래서 슬럼프도 생겨서 시합도 다 망친 거라고. 그래야 오랫동안 쌓아둔 이 감정의 덩어리들이 조금이나마 해소될 것 같았다.

아빠가 당장이라도 허물어질 것 같은 얼굴로 물었다.

"그래서 뭘 어떻게 하겠다는 건데. 수영을 때려치우기라도 하겠다는 거야, 지금?"

"그렇다고 하면 하게 해 줄 거야?"

"뭐?"

"때려치워도 되냐고."

아빠의 눈동자가 충격으로 일렁였다. 내가 정말 수영을 그만두고 싶어 할 줄은 몰랐다는 표정이었다. 나는 침묵하는 아빠를 보며 헛웃음을 삼켰다. 이래서다. 몽골로 도주할 계획을 세운 건. 반쯤 넋이 나간 아빠를 냉랭하게 바라봤다. 퍼뜩 정신을 차린 아빠가 내 어깨를 잡고 흔들었다.

"너 어떻게 그런 소리를 해. 어떻게 그런 소릴! 너 지금 제정신이야?"

아빠의 목소리가 가늘게 흔들렸다. 방금 내가 꺼낸 말이 홧김에 한 소리가 아님을 깨달은 것 같았다.

"너 이렇게 그만두면 아빠는."

아빠가 파르르 떨리는 손으로 내 어깨를 부서트릴듯 세게 움켜쥐었다.

"그럼 이제껏 너랑 같이 달려온 아빠는 뭐가 되는데. 지금까지 너 하나만 보고 여기까지 온 아빠를 두고 어떻게 그런 소리를 할 수 있어! 네가 어떻게!"

"그래서 싫었어! 직장까지 그만두고 나한테 매달리는 거, 그래서 싫었다고. 그만큼 보상해 줘야 할 것 같아서, 내가 아빠 인생까지 책임지고 있는 것 같아서 늘 눈치 보이고, 조마조마했다고!"

계속 그런 불안감을 안고 살았다. 내가 성적을 못 내기라도 하면, 아빠의 인생이 그대로 의미 없어질까 봐. 그렇게 되면 평생 아빠에게 미안함과 죄책감을 가지고 살아야 할 것 같았다.

"누가 너한테 아빠 인생 책임지래? 아빤 아무 말도 안 했는데, 왜 너 혼자 지레 압박 받아서 그런 생각하고 겁먹고 그래! 어?"

"아무 말도 안 했다고? 아니지. 매사 나한테 매달리고, 전전긍긍하고, 조금이라고 기록 안 나오면 죽을 것처럼 굴었잖아. 이래도 아빠가 나한테 압박 준 적이 없어?"

"아빠는 다 널 위해서였어. 다 네가 잘됐으면 하는 바람에서 그런 거라고!"

그놈의 날 위해서. 끝까지 내 핑계를 대는구나. 다 거짓말이다. 왜냐하면 나는 오래전부터 봐 왔으니까. 날 응원하는 아빠의 눈빛에서 나로 인해 성공하고 싶다는 욕망을.

"아니, 아빤 진심으로 날 응원한 게 아니야. 그저 나를 통해 아빠 꿈을 이루고 싶었던 거지."

"뭐?"

"잘 생각해 봐. 정말 내 성공을 바라는 마음에 아빠의 욕심이 티끌만큼도 없었는지."

아빠의 움직임이 멈췄다. 내 말에 찔리기라도 한 건지 섣불리 대답을 하지 못했다.

이윽고 입을 연 아빠가 갈라진 목소리로 물었다.

"그래서 정말 다 그만두겠다고? 여기서 다 끝내겠다고?"

나는 입을 꾹 다물었다. 솔직히 말하면 시소를 타듯 하루에도 마음이 수십 번씩 왔다갔다했다. 수영을 그만두는 것과 계속하는 것에 대해서. 하지만 한 가지는 분명했다. 이젠 너무 지쳤고, 더는 내 감정을 억누르며 살고 싶지 않다는 것. 결정을 내린 나는 눈시울이

붉어진 아빠를 쳐다보며 말했다.

"이젠 내 마음 가는 대로 할 거야. 내 마음이 말하는 대로."

그렇게 통보하고는 아빠의 손을 뿌리치고 집을 뛰쳐나왔다. 등 뒤로 내 이름을 부르는 목소리가 들렸지만 돌아보지 않았다. 엘리베이터에 올라타 버튼을 누른 뒤, 벽에 몸을 기댔다. 아빠와 이런 언쟁을 벌인 것은 처음이라 심장이 빠르게 펄떡거렸다. 이렇게 모조리 다 쏟아 내면 마음이 시원할 줄 알았는데, 이상하게 더 답답하고 갑갑했다.

나는 마지막에 본 아빠의 허망한 표정을 애써 떨쳐내며 아파트에서 빠져나왔다. 무작정 밖으로 나오긴 했으나 어디로 가야 할지, 무엇을 해야 할지 혼란스러웠다. 그나마 다행인 점이 있다면 집에 들어올 때 모습 그대로 나와서 백팩과 휴대폰을 가지고 있다는 거랄까.

머리를 헝클어트린 나는 정처없이 발걸음을 옮겼다. 그때, 주머니 속에 들어 있던 휴대폰이 짧게 진동했다. 재현이 보낸 메시지였다.

— 유영아, 우리 그룹 해체될지도 몰라.

믿기지 않은 소식에 놀란 나머지 휴대폰을 떨어트렸다. 이그니스가 해체될지도 모른다니, 갑자기 왜? 떨어트린 휴대폰을 주워 다시 메시지를 확인했다. 나도 이렇게 놀랐는데, 재현은 얼마나 충격을 받았을지 상상이 되지 않았다.

곧장 재현에게 전화를 걸었다. 지금 당장 그를 만나러 가고 싶었다. 하지만 신호만 이어질 뿐, 통화가 연결되지 않았다. 나는 휴대폰을 쥔 채 사거리를 내달렸다. 여러 번 이야기를 들어서 재현의 연습실이 어디인지 알고 있었다.

금세 연습실이 있는 상가에 도착해 지하로 이어진 계단을 내려다봤다. 분명 여기 지하라고 그랬는데. 대뜸 찾아가는 건 실례일까 싶어 다시 한번 재현에게 전화를 걸려는데, 문이 벌컥 열리며 사람이 나왔다. 재현이었다. 휴대폰을 든 손을 내리며 안도의 한숨을 쉬었다. 재현은 못 본 사이에 무척 수척해져 있었다.

"어떻게 된 거야? 갑자기 해체라니. 어제까지만 해도 그런 이야기 전혀 없었잖아."

대꾸 없이 느릿하게 눈을 깜빡인 재현은 나를 지나쳐 어두운 밤거리로 스며들었다. 나는 힘없는 그의 뒷모습을 바라보다 뒤를 따랐다. 재현을 혼자 두고 싶지 않았다.

우리는 말없이 조용한 밤거리를 걸었다. 보폭을 맞춰 걸으며, 이따금씩 재현을 힐끔거렸다. 정말 해체가 맞는 건지, 이제 어떻게 할 생각인지, 묻고 싶은 것들이 산더미였지만 선뜻 용기가 나지 않았다. 무엇보다 내 호기심을 채우기 위해 재현을 절망에 더 빠트리고 싶지 않았다. 결국 고민하던 나는 전혀 다른 이야기를 꺼냈다.

"어디 가?"

"그냥. 숙소 가기 싫어서."

차분한 목소리로 대답한 재현이 터벅터벅 걸음을 옮겼다. 돌아가고 싶지 않아 정처없이 걷고 있다는 의미였다. 그 마음을 이해한 나는 묵묵히 재현을 따라 걸었다. 나 역시 비슷한 마음으로 집에서 뛰쳐나왔으니까.

그냥 어디론가 훌훌 떠나 버리고 싶다. 잠시나마 이 지긋지긋한 현실을 잊게 해 줄 곳으로.

그렇게 한참을 걷던 우리는 텅 빈 버스 정류장 벤치에 앉았다. 나는 초점이 없는 눈으로 멍하니 앉아 있는 재현을 바라보다 고개를 들었다. 까만 하늘에 참깨만 한 별들이 콕콕 박혀 있었다. 도심은 너무 환해서 별이 잘 보이지 않는다더니 그 말이 딱 맞는 것 같았다. 아무리 두 눈을 크게 뜨고 세어 봐도 몇 개밖에 보이질 않으니까. 얼마 안 되는 별들을 눈으로 훑다가 고개를 내렸다. 좋은 생각이 떠올랐다.

"우리 별 보러 갈래?"

집에도 가기 싫고 숙소에도 가기 싫으니, 차라리 이 시간에 좀 더 의미 있고 즐거운 일을 하는 게 좋지 않을까. 하지만 재현은 대답이 없었다. 나는 무언의 반응에도 개의치 않고 휴대폰을 꺼내 서울 근교에 있는 한 캠핑장을 검색했다. 오래전 엄마 아빠와 함께 놀러 갔다가 그 근방 언덕에서 하늘을 빼곡하게 채운 별들을 본 기억이 있다. 마음 같아선 별들이 쏟아지는 몽골로 훌쩍 떠나고 싶지만, 그건 현실적으로 어려우니까. 지도 앱을 켜 소요 시간과 교통편을 알아봤다. 지금 출발한다고 해도 세 시간은 족히 걸렸지만, 아직 버스가 남아 있었다. 자리에서 일어난 나는 재현의 손목을 잡아 끌었다.

"별 보러 가자. 우리."

일탈

    우리는 털털거리는 시내버스 뒷좌석에 나란히 앉았다. 캠핑장까지 한 번에 가는 교통편이 없어 버스를 여러 번 갈아타야 했지만, 그것만으로도 들뜨고 재미있었다. 늘 훌쩍 떠나고 싶었는데, 한 번도 제대로 실천한 적이 없었으니까. 나는 목적지가 가까워지는 것을 느끼며 창밖을 내다봤다. 어느새 밖은 빌딩으로 꽉 찬 도심에서 전원적인 시골 풍경으로 바뀌어 있었다. 쭉 펼쳐진 논밭을 구경하며 편의점에서 산 과자를 끌어안았다. 하도 앉아 있던 탓에 엉덩이가 아프고 살짝 피곤하기도 했지만 목적지에 거의 다다랐다는 생각을 하니 가슴이 두근거렸다.

    엄마에게 친구네 집에서 자고 간다는 문자를 보내 놓고 휴대폰 전원을 껐다. 아무리 일탈이라지만 최소한의 연락은 해야 할 것 같았다. 물론 내일 집에 돌아가면 난리가 나겠지만, 그런 건 나중에 생각하고 싶었다.

얼마 지나지 않아 버스가 목적지에 다다랐다. 우리는 하차 버튼을 누르고 자리에서 일어났다. 여기서 조금만 걸어가면 별이 잘 보이는 언덕과 캠핑장이 있었다. 버스 기사님이 허허벌판에서 내리는 우리를 미심쩍은 눈빛으로 쳐다봤다. 가출 청소년으로 의심하는 것 같았지만 어떻게 생각하든 상관없었다.

찌뿌둥한 몸을 펴며 주위를 둘러봤다. 자정을 넘긴 시간이라 그런지 주변은 쥐 죽은 듯 고요했다. 나는 흙내음이 뒤섞인 산 공기를 들이마시며 재현과 함께 컴컴한 비포장길을 걸었다. 이 시간에 흙먼지가 날리는 길바닥을 걷고 있는 게 조금 흥분됐다.

"이쪽이야."

휴대폰으로 목적지를 찍은 재현이 방향을 가리켰다. 처음엔 내 재촉에 못 이겨 끌려오는 듯했는데, 어느새 직접 나서서 위치를 찾는 걸 보니 아까보다 기운을 차린 것 같아 마음이 놓였다.

"와, 저게 다 뭐야…"

나는 하늘에 빼곡하게 수놓인 별들을 두 눈에 담으며 발을 내디뎠다. 목적지인 언덕까지 가려면 꽤 많이 걸어야 했지만, 별을 보며 걸으니 하나도 힘들지 않았다.

언덕에 도착한 우리는 서서 별을 구경했다. 우리 말고도 몇몇 사람이 별을 보기 위해 자리를 지키고 있었다. 나는 카메라로 촬영하는 사람들을 구경하다 하늘을 올려다봤다. 렌즈에 담는 것도 의미가 있겠지만, 눈에 직접 별을 담고 싶었다. 예쁘다. 오는 데 세 시간이 넘게 걸렸지만, 반짝이는 하늘을 본 순간 고생 따윈 눈 녹듯 사라졌다. 한국에 이런 곳이 아직 남아 있었구나.

우리는 한참을 서서 별을 바라보다 벤치에 앉았다. 재현과 편의점에서 산 과자를 나눠 먹으며 별을 쳐다봤다. 이 고요함과 평화로움이 좋아 지금 이 시간이 영영 흐르지 않았으면 좋겠다는 생각이 들었다. 날이 밝으면 다시 지긋지긋한 현실로 돌아가야 하니까. 아빠 다리를 한 나는 초코 과자를 입에 쏙 집어넣으며 한숨을 삼켰다. 그때 나지막한 목소리가 들렸다.

"미안. 약속 못 지켜서."

"응?"

"우리 그룹 해체되면 나 대회 못 나가잖아. 그럼 넌 몽골 못 가는 거고."

지금 이 순간 가장 힘들 사람은 너일 텐데, 너는 도리어 내 걱정을 해 주는구나. 나는 당황한 나머지 손을 저었다.

"됐어. 못 가도 괜찮아. 그건 그냥 희망 사항이었으니까."

사실은 어렴풋이 알고 있었다. 몽골로 도망치는 건 현실적으로 어렵다는 걸. 설령 그럴 만한 돈이 생긴다고 해도 내가 정말 모든 걸 다 버리고 떠날 수 있을지도 모르겠고. 초코 과자를 꿀걱 삼킨 나는 쾌활하게 덧붙였다.

"그리고 애초에 약속은 내가 먼저 어겼잖아."

아빠에게 들키는 바람에 수업을 못 하게 됐으니, 먼저 약속을 어긴 사람은 나였다. 하지만 내 대답에도 불구하고 재현의 표정은 여전히 어두웠다.

"그래도."

"됐다니까. 그리고 뭐, 정 도망치고 싶으면 여기로 오면 되지."

나는 손가락으로 하늘에 가득한 별들을 가리켰다.

"물이 많은 게 좀 흠이긴 하지만."

오면서 큰 개울을 발견했던 게 떠올라 가볍게 웃었다. 살면서 지치고 힘든 순간이 생길 때마다 한번씩 이곳을 찾으면 좋을 것 같았다. 뭐, 지금보다 더 힘든 날들이 있긴 할까 싶지만. 나는 고개를 내려 말수가 없어진 재현을 응시했다.

"난 괜찮으니까 넌 네 생각만 해. 힘들잖아, 지금."

흔들리는 재현의 눈동자를 발견하고 나는 쓸쓸하게 웃었다. 애써 아무렇지 않은 척하고 있던 게 보여서. 재현이 나로 인해 부담을 느끼지 않기를 바라며 덧붙였다.

"여기선 괜찮아. 무너져도."

그 말에 재현이 입을 꾹 다물었다. 그의 입술이 미세하게 떨리고 있었다. 나는 시선을 다시 하늘로 옮겼다. 재현의 모습을 되도록이면 못 본 척하고 싶었다. 세상에 자신의 약한 모습을 들키고 싶은 사람은 없으니까. 과자를 집어 먹으며 하늘을 올려다봤다. 어떤 게 북극성이지? 가장 크고 반짝이는 게 북극성이라 그랬는데. 목을 쭉 빼고 별들을 구경할 때였다. 순간 수억 개의 별들 중 유독 반짝이는 별 하나가 눈에 들어왔다.

"어!"

나는 자연스레 재현에게 말을 걸려다 멈칫했다. 그의 눈가가 붉어져 있었다.

재현은 소리 없이 울었다. 그 누구에게도 눈물을 들키고 싶지 않은 것처럼. 나는 과자 봉지를 조용히 움켜쥔 채 다시금 하늘을 올려다봤다. 아무렇지 않은 척 과자를 먹으며 하늘을 보는데, 문득 나를 비롯한 주변의 모든 사람이 별을 보고 있어 참 다행이라는 생각이 들었다. 아무도 재현의 슬픔을 눈치채지 못할 테니까.

나는 과자를 입안에서 굴리며 그를 닮은 북극성을 눈에 담았다. 이 밤이 아주아주 길었으면 좋겠다. 재현이 쏟아지는 별들 속에 숨어 마음껏 눈물을 흘릴 수 있게. 아주 오랜만에 소원을 빌며 북극성을 올려다봤다. 그러겠다 대답이라도 하듯 별이 반짝, 빛났다.

우리는 날이 밝을 때까지 벤치에 앉아 별을 바라본 후, 다시 서울로 돌아왔다. 휴대폰을 켤 엄두를 못 낸 나는 망설이다 현관문 비밀번호를 눌렀다.

집에 들어가자, 엄마가 거실 소파에 앉아 차를 마시고 있었다. 분명 이 시간에는 회사에 있어야 할 텐데? 눈을 동그랗게 뜨며 스니커즈를 벗자 엄마가 내게 눈초리를 보냈다.

"덜렁 문자 하나 보내 놓고, 휴대폰 꺼 버렸더라. 너."

역시나 잔소리를 듣게 될 줄 알았다. 나는 엄마의 눈빛을 피하며 목덜미를 긁었다.

"배터리가 나간 거야."

"일부러 꺼 놓은 것 같던데."

팔짱을 낀 엄마가 의심의 눈초리를 보냈다. 하지만 내 평계에 더는 묻지 않았다. 옆에 앉으라는 눈짓에 나는 소파로 다가갔다. 대체 누구네 집에서 잤냐, 어떻게 말도 없이 외박을 할 수 있냐, 얼마나 걱정했는 줄 아느냐 등의 이야기를 듣게 될 거라고 생각했는데 엄마는 생각보다 훨씬 쿨했다.

"됐어. 그래도 무사히 집에 들어왔으니까."

하긴. 생각해 보면 엄마는 옛날부터 그랬다. 늘 내게 헌신적으로 정성을 들이는 아빠와 달리 엄마는 꽤나 쿨하게 나를 키웠다. 잘못을 해도 크게 다그치는 법 없이. 차를 홀짝이는 엄마를 바라보며 물었다.

"나 때문에 회사 안 간 거야?"

"그럼 가출한 딸 두고 출근해?"

가출 아니라 외출인데. 나는 그 말을 속으로 되뇌며 입을 다물었다. 어쨌든 엄마 입장에선 충분히 가출이라 여길 만했다. 그런데 집안이 이상하게 고요했다. 내가 돌아왔는데도 나와 보지 않는 아빠도 그렇고.

"아빠는?"

"어제 나가서 안 들어왔어."

내 눈이 휘둥그레졌다. 엄마는 찻잔을 내려놓고 관자놀이를 양손으로 문지르며 푸념했다.

"부녀가 쌍으로 가출을 다 하고. 미쳐. 내가."

아빠도 가출을 했다고? 청소년도 아닌 어른이 가출을 한다는 이야기는 처음 들어 보네. 그래서 집안이 이렇게 조용했던 거구나.

"너 아빠한테 수영 그만두고 싶다고 했다며."

"아…."

어제 아빠에게서 이야기를 들은 것 같았다. 하긴, 한바탕 싸우고 집을 나갔는데 엄마가 모르는 게 더 이상했다. 엄마가 비스킷을 오물거리며 물었다.

"그거 진짜야?"

"그런 마음이 들긴 했어. 최근에 계속."

대회가 가까워질수록 점점 그런 생각이 들었다. 다 그만두고, 도망치고 싶다고. 이제 그만 불안과 고통에서 해방되고 싶다고. 나는 엄마의 시선에 불편함을 느끼며 말을 덧붙였다.

"물론 엄마랑 아빠는 반대하겠지만."

그동안 나에게 투자한 돈이 있으니 당연했다. 수영을 그만두면 그간 들인 돈과 시간이 모두 물거품이 되는 거니까.

"글쎄. 난 네가 그렇게 힘들면 굳이 해야 하나 싶네. 아무리 오랫동안 해 왔다지만."

믿기지 않는 엄마의 말에 나는 눈썹을 들어 올렸다. 평소에도 버는 돈보다 나가는 돈이 더 많다고 푸념을 하길래 당연히 수영을 그만 두는 것에 반대할 줄 알았다.

"진짜?"

내가 얼떨떨한 반응을 보이자 엄마가 미간을 찌푸리며 대꾸했다.

"그럼 진짜지, 가짜겠어? 하기 싫은 거 억지로 해서 뭐 해? 시간만 아깝지."

예상 밖의 대답에 어안이 벙벙했다. 하지만 내심 이 말을 듣고 싶었다. 수영을 선택하는 길만 있는 건 아니라는 걸. 인생에는 수영 외에도 다른 여러 선택지가 있다는 걸. 수영을 포기하면, 내 인생은 아무 의미 없는 인생이 될까 봐 두려웠으니까.

"너 이제 겨우 열여덟이야. 갈 수 있는 길은 많다고. 하기 싫으면 하지 마. 하기 싫은데 억지로 했다고 나중에 투정 부리지 말고."

나는 비스킷을 오물거리는 엄마를 빤히 바라봤다.

"난 엄마가 반대할 줄 알았어. 아빠처럼."

"네 아빤 그럴 만해. 너랑 같이 꿈을 키워 왔으니까. 네 꿈이 곧 자기 꿈인 사람이잖아."

내 꿈이 곧 아빠의 꿈. 엄마의 말에 나는 입가를 굳혔다. 엄마가 침묵하는 내게 말을 덧붙였다.

"부담스럽다는 네 마음 이해해. 근데 아빠 너무 미워하지 마. 널 사랑하는 마음이 너무 과해서 그런 거니까."

미워하지 않는다. 아빠가 날 얼마나 생각하고 있는지도 알고 있고. 그간 내게 해 준 모든 게 사랑에서 우러나온 일이라는 것도 안다. 그저 그게 견딜 수 없을 만큼 버거워졌을 뿐.

"나한테 네 아빠처럼 살라고 하면 절대 못 해. 난 네 꿈만큼 내 꿈도 중요한 사람이라."

질색하는 엄마를 보며 피식 웃음을 흘렸다. 새삼 엄마가 자기 일을 사랑하는 사람이라 다행이라는 생각이 들었다. 만약 엄마가 아빠 같았더라면 난 진작에 피가 말라 죽었을 것이다.

"그리고 앞으론 그런 마음이 들면 이야기를 해. 물론 미리 알아채지 못한 네 아빠랑 나도 잘못이지만, 네가 말을 안 하면 우린 몰라. 네가 무슨 생각을 하고, 어떤 미래를 그리고 있는지."

엄마가 내 어깨에 가볍게 팔을 두르며 말했다.

"살아 보니까 가족이라는 게 가장 잘 아는 것 같으면서도 또 가장 모르는 사이더라. 그러다 보니 더 크게 상처를 주기도 하고."

그러곤 내 머리에 자신의 머리를 가볍게 기대며 말을 이었다.

"그래서 대화가 중요한 거야. 속마음을 터놓지 않으면 상대의 진심을 알 수가 없으니까."

나는 조용히 고개를 끄덕였다. 엄마의 말을 들으니 그간 불편한 점이 있어도 내색하지 않고 꾹 참아 왔던 지난날이 떠올랐다. 아빠에게 이런 내 마음을 말하는 게 두려워 줄곧 피하기만 했다. 나는 맞댄 머리로 엄마의 온기를 느끼며 대답했다.

"노력해 볼게. 앞으로는."

"그래. 넌 말을 너무 안 하는 게 탈이야. 꼭 이렇게 한 건 터트리고 난 뒤에야 솔직해진다니까."

나를 얄밉게 째려본 엄마가 돌연 내 머리에 헤드록을 걸었다. 내 행동이 마음에 들지 않을 때마다 하는 응징이었다.

"아, 아파."

"아프라고 하는 거거든?"

헤드록을 푼 엄마가 손을 탁탁 털며 팔짱을 꼈다. 나는 엄마의 뾰족한 눈초리를 받으며 뻐근한 목을 만지작거렸다.

만약 내가 조금 더 일찍 속마음을 표현했다면 상황이 달라졌을까? 그랬다면 아빠가 이렇게 집을 나가는 일도 없었을까. 고개를 떨군 채 길게 한숨을 쉬었다. 이래저래 마음이 복잡했다.

깨달음

다음 날, 한동안 집과 수영장만 오가던 나는 오랜만에 학교에 나갔다. 다솜은 2주 만에 등교한 나를 보고 눈물을 글썽였다. 그동안 아이돌 이야기를 들어 줄 사람이 없어 심심했다면서. 나와 다솜, 재현은 전처럼 쉬는 시간이 되면 한데 모여 이야기를 나눴다. 그리고 그간 나와 재현에게 있었던 일들을 모두 알게 된 다솜은 입을 다물지 못하다가 조심스레 물었다.

"그럼 너희 그룹 정말 해체되는 거야?"

"아니. 확정은 아니고 회사에서 고민하는 중이야. 나랑 멤버들은 강력하게 반대하고 있고."

재현의 말에 의하면 회사에서는 경영난 때문에 해체를 고려하고 있지만 멤버들의 반대로 일단 보류된 상황이라고 했다. 다솜은 재현의 상황을 제 일처럼 안타까워하며 고개를 끄덕였다.

"내 생각에도 해체는 진짜 아닌 것 같아. 운만 따라 주면 분명 뜰 수 있는 그룹인데."

"응. 그런 의미에서 나 이번 대회 꼭 나갈 거야. 우리 그룹을 알릴 유일한 기회니까."

교실 창틀에 기대 있던 재현이 결의에 찬 눈으로 나를 쳐다봤다. 해체 이야기로 한 차례 의욕을 잃었으나 다시 되찾은 것 같았다. 나는 매점에서 산 초코빵을 베어 물며 답했다.

"그래. 나도 열심히 도울게."

예전처럼 수영 과외를 해 줄 수 있을지는 모르겠지만, 힘 닿는 데까지 돕고 싶었다. 재현의 꿈과 미래가 달린 일이니까.

"고마워."

재현이 예쁜 보조개 미소를 지은 뒤 화제를 돌렸다.

"참, 그래서 아버지랑 이야기는 나눠 봤어?"

"아니."

나는 고개를 저으며 빵 사이로 튀어나온 초코 크림을 흡입했다. 놀란 재현과 다솜이 동시에 물었다.

"왜?"

"나랑 싸운 그날 이후로 나가서 안 들어왔거든."

입가에 묻은 크림을 혀로 훔쳤다. 처음엔 아빠가 금방 돌아올 거라 생각했다. 하루 정도면 충분할 거라고, 잠시 머리를 식히고 싶어 떠났을 거라고 쉽게 여겼다. 그런데 하루가 지나고 이틀이 돼도 아빠는 돌아오지 않았다. 수영을 그만두겠다는 내 말에 큰 충격을 받은 것 같았다.

"아….."

재현과 다솜의 얼굴에 당혹감이 스쳤다. 두 사람은 내 눈치를 살피다가 애써 쾌활한 목소리로 나를 위로했다.

"금방 돌아오실 거야."

"그래. 그냥 바람 좀 쐬시는 거겠지."

나는 두 사람의 이야기를 들으며 묵묵히 초코빵을 먹었다. 오랜만에 학교에 온 건 좋았지만, 한편으론 그게 아빠의 부재 때문이라고 생각하니 무언가가 얹힌 것처럼 마음이 불편했다. 아빠가 매일같이 싸 주던 도시락도 그렇게 싫었는데, 막상 빵으로 점심을 때우니 조금도 기쁘지 않았다. 씁쓸한 마음을 안고 빵을 베어 물었다. 달콤해야 할 크림이 이상하게 쓰게 느껴졌다.

하루 이틀이면 돌아올 거라 생각했던 아빠는 사흘이 다 된 시점에도 돌아오지 않았다. 그동안 내 마음은 불이 붙은 심지처럼 조금씩 타 들어갔다. 처음엔 그저 재현과 다솜의 말대로 편하게 생각하려 했지만, 아빠의 부재가 길어지니 점점 불안한 마음이 들었다. 나 때문에 아빠가 잘못된 선택을 하면 어쩌지? 이러다 영영 돌아오지 않는 건 아니겠지? 이상한 일이었다. 외박을 하고 집에 돌아왔을 땐 아빠가 날 기다리고 있을 거라 생각했는데, 도리어 내가 아빠를 기다리고 있는 게.

"그래도 딸은 딸이네. 지 아빠 걱정하는 걸 보면."

엄마는 별일 없을 테니 걱정 말라고 했지만, 마음이 놓이지 않았다. 아빠의 가출에 대한 책임은 전적으로 나에게 있으니까.

사실 그날 이후 아빠 탓이라고 단정했던 일들에 대해 다시 생각해봤다. 정말 이렇게 된 게 아빠 때문인가? 나는 아무 잘못이 없다고 떳떳하게 말할 수 있나? 분명 아빠에게도 잘못이 있겠지만, 그간 싫은 소리 한 번 내지 않고 속으로 담고 있기만 했던 내게도 잘못이 있는 게 아닌가?

결론적으로 아빠는 나흘 뒤 저녁에 돌아왔다. 현관문이 열리는 소리가 들린 순간, 엄마가 아니라는 직감에 나는 방을 뛰쳐나왔다. 역시나 아빠가 현관에 서 있었다. 아빠는 며칠 새 눈에 띄게 수척해져 있었다. 집을 비운 시간 동안 얼마나 마음고생이 심했을지 짐작할 수 있었다. 면도를 하지 않아 까끌까끌해진 아빠의 턱과 움푹 패인 뺨을 살폈다. 입이 달싹 붙어 아무 말도 꺼낼 수가 없었다.

아빠가 가만히 서 있는 내게 먼저 말을 건넸다.

"잠깐 이야기 좀 하자, 우리."

우리는 간격을 두고 소파에 앉았다. 나는 침을 꼴깍 삼켰다. 아빠가 돌아온 게 기쁘면서도, 한편으론 나란히 앉아 있는 이 순간이 도망치고 싶을 만큼 불편하고 어색했다.

한참을 침묵하던 아빠가 차분한 목소리로 말문을 틔웠다.

"세 살 때였을 거야. 어린 널 데리고 처음으로 수영장에 갔는데 네가 너무 좋아했던 기억이 나. 그 조그만 게 물에서 나오지 않겠다고 얼마나 떼를 쓰는지, 우는 너를 안고 집으로 돌아오는데 진이 다 빠지더라."

뜻밖의 이야기에 눈을 동그랗게 떴다. 아빠에게 수영을 시작했던 때의 이야기를 들은 건 처음이었다. 지난날을 떠올린 아빠가 픽 웃으며 덧붙였다.

"그러고 나서 '우리 유영이는 물을 참 좋아하는구나. 그럼 수영을 한번 시켜 볼까?' 했던 게 시작이었던 것 같아. 넌 매 순간 수영을 하면서 행복해했고, 아빠도 그걸 보면서 네가 좋다면 그걸로 충분하다고 생각했지."

손깍지를 낀 아빠가 허공을 바라보며 말했다.

"그렇게 시작한 수영이 여기까지 온 거야. 근데 사람의 욕심이라는 게 참 무서운 거더라. 처음엔 네가 좋으면 나도 그냥 좋다고 생각했는데 점점 남들보다 뛰어난 널 보면서 기대감이 생겼어. 언젠가 네가 세계적으로 유명한 수영 선수가 되면 참 좋겠다, 그럼 인생에 더 바랄 게 없겠다 하는 기대."

허공을 응시하던 아빠가 나와 눈을 맞추며 옅은 미소를 지었다.

"그게 욕심이라는 걸 며칠 전에 유영이 네가 말해 주고 나서야 깨달았어. 네가 수영을 그만두고 싶어 할 정도로 부담을 느끼고 있는 줄도, 내게 원망을 가지고 있다는 것도. 내가 내 딸을 잘 몰랐구나. 저렇게 극단으로 몰려 있는데 내가 너무 다그쳤구나 싶어 미안하기도 했고."

아빠는 혼자 시간을 보내며 지난날을 돌아봤다고 했다. 어렸을 때는 수영을 하면서 참 많이 웃고 즐거워했는데, 언젠가부터 지치고 버거워하는 내 모습만 떠올랐다면서.

"맞아. 네 꿈이 곧 아빠 꿈이고 네 꿈이 곧 아빠의 성공이야. 그래서 아빤 널 서포트하는 게 내 인생에서 제일 중요한 일이라 생각했고, 네가 부진할 때마다 너만큼, 아니, 너보다 더 많이 실망하고 속상했어. 내가 이렇게까지 해 주는데 왜 저것밖에 못 할까? 널 위해 사는 날 봐서라도 네가 더 애써야 되는 거 아닌가 원망했고."

아빠가 손을 만지작거리며 한숨 같은 숨을 내뱉었다.

"그리고 이런 희생을 정당화하면서 언젠가 네게서 보상을 받으려는 마음이 있었던 것 같아. 그저 너에게 헌신하고 네게 모든 걸 다 해 주면 그게 좋은 부모일 거라고 멋대로 단정 지었던 것 같아, 아빠는."

"…."

"사과할게. 네가 어떤 성적을 받든 격려하고, 응원해 줬어야 하는데 그러질 못했어. 아빠가 많이 편협하고 이기적인 사람이었어."

나는 고개를 저었다. 그간 아빠를 원망하기도 하고 미워하기도 한 게 사실이지만, 상황이 이렇게 된 데에는 온전히 아빠의 잘못만 있는 게 아니었다.

"아냐. 나도 잘못했어. 아빠의 그런 헌신과 사랑이 버겁다고 생각하면서도… 차마 입 밖으로 꺼내지 못했어. 내가 그냥 꾹 참고 있는 게 우리 두 사람에게 최선이라고 생각했거든. 그래서 아빠는 몰랐던 거야. 내가 그동안 어떤 마음으로 버티고 있었는지."

두려움 때문에 용기를 내지 못한 지난날들에 대한 후회가 밀려왔다. 만약 내 마음을 아빠에게 솔직하게 털어놓았더라면, 이 지경까지 오지는 않았을 거다.

"괜찮아. 아빠는 다 이해해."

아빠가 고개를 숙인 날 어루만져 주며 말했다. 그럴 수 있다고, 오히려 아빠가 먼저 알아채지 못해 미안하다고. 나는 어깨에 닿은 아빠의 다정한 손길을 느끼며 입술을 와락 깨물었다. 그간 쌓인 죄책감과 미안함이 터져 나오며 눈물이 핑 돌았다.

"수영 그만두고 싶으면 그래도 돼. 네가 행복하지 않은 걸, 아빠의 꿈을 앞세워서 지속해 나가는 건 너한테도 나한테도 의미가 없으니까."

아빠는 이제부턴 내가 어떤 선택을 하든, 그 결정을 믿고 지지해 주겠다고 했다. 지금껏 그러지 못해 미안하다는 말과 함께. 나는 시선을 떨군 채 아빠의 말을 묵묵히 들었다. 고개를 들면 눈물이 쏟아져 내릴 것 같아 들 수가 없었다.

이윽고 겨우 마음을 가라앉힌 나는 천천히 고개를 들었다. 그러자 아빠의 눈가도 나만큼 얼룩져 있는 게 보였다. 그 순간 둑이 터지듯 참아 왔던 눈물이 와르르 쏟아졌다. 결국 두 손에 얼굴을 묻고, 눈물을 흠뻑 쏟아 냈다. 머리를 쓰다듬어 주는 아빠의 손길이 더없이 따스했다.

D-DAY

늦은 밤, 아빠에게 허락을 받은 나는 집을 나섰다. 재현을 만나러 가기 위해서였다. 아빠가 돌아온 그날 우리는 저녁까지 허심탄회하게 이야기를 나눴다. 나는 그간 숨겨 왔던 이야기를 아빠에게 모조리 털어놓았다. 얼마 전 국내 대회에서 환각을 본 일부터 아시안게임을 망칠 경우 몽골로 떠나려 했다는 이야기까지. 그러다 보니 재현에 대한 이야기도 자연스럽게 나왔다. 사정을 들은 아빠는 재현을 돕고 싶다는 내 마음을 이해해 줬다. 단, 수업이 끝나는 대로 돌아오라는 조건을 걸고.

아파트 단지를 빠져나와 체육관으로 향했다. 아빠의 허락을 받은 뒤라 마음이 후련했다. 금세 체육관에 도착해 펜스를 가뿐하게 뛰어넘었다. 경비실 문을 열어 보니 재현의 삼촌은 여느 때처럼 해외 축구 경기를 시청하고 있었다.

"또 왔냐? 아버지한테 걸리면 어쩌려고."

"오늘은 허락받고 왔어요."

나는 삼촌에게 빵을 내밀고 경비실을 통과했다. 컴컴한 복도를 지나 중앙 계단을 내려가는데 이젠 조금도 무섭지 않았다. 탈의실에서 수영복으로 갈아입고, 수영장으로 향하는 문을 잡아당겼다.

재현이 끝 레인에서 홀로 수영을 하고 있었다.

나는 팔짱을 낀 채 물살을 가로지르는 재현을 지켜봤다. 몇 주간 가르쳐 주지 못했는데도 불구하고, 실력이 많이 늘어 있었다. 매일같이 연습했다더니 정말인가 보네. 물살을 가르는 재현의 모습에서 간절함이 느껴졌다. 어떻게든 시합에서 1등을 해 그룹을 알리고 싶다는 간절함.

쉬지 않고 두 바퀴를 돈 재현이 터치 패드를 찍은 뒤 물안경을 벗었다. 그러더니 서 있는 나를 발견하고는 놀란 표정을 지었다.

"깜짝이야. 여긴 어떻게 왔어?"

"걸어서 왔지."

"근데 와도 돼? 너희 아버지 아시면 난리 날 텐데."

재현이 미간을 좁히며 수영모를 벗었다. 지난번 일로 걱정이 되는 것 같았다. 나는 옅은 미소를 지으며 대답했다.

"허락받고 왔어."

나는 재현에게 아빠와 화해한 이야기를 들려줬다. 아빠가 수영을 계속할지 말지 내게 선택하라고 한 이야기까지. 재현은 한결 편안해진 내 표정을 보고 진심으로 기뻐했다.

"잘됐다!"

물 밖으로 나온 재현이 나를 덥석 끌어안았다. 갑작스러운 스킨십에 눈동자가 동그랗게 커졌다. 나를 세게 끌어안았다 놓은 재현이 웃으며 물었다.

"그래서, 어떻게 하기로 했어?"

"응?"

"수영 말이야. 계속할 거야?"

재현을 따라 웃던 나는 미소를 거뒀다.

"고민 중이야."

불과 며칠 전까지만 하더라도 그만두고 싶다는 생각이 컸지만, 막상 선택권이 주어지니 고민이 됐다. 정말 이렇게 수영을 끝내는 게 맞는 건지, 아닌 건지. 재현이 부드럽게 다독였다.

"천천히 생각해 봐. 아직 시간 있잖아."

"응. 그러려고."

애써 미소를 지은 나는 화제를 돌렸다.

"그럼 내 이야긴 여기까지 하고, 간만에 수업 좀 해 볼까?"

팔을 옆으로 쭉 뻗으며 몸을 풀었다. 재현의 시합이 코앞까지 다가와 있었다. 나는 팔다리를 가볍게 털며 말을 이었다.

"아까 보니까 턴할 때 속력이 너무 줄어들더라. 자세도 불안정하고. 내가 시범 보여 줄 테니까 한번 봐봐."

가볍게 스트레칭을 끝낸 뒤 수영모와 물안경을 들고 레인 앞으로 향했다. 대회 날까지 있는 힘을 다해 재현을 돕겠다고 다짐하며.

❖

그렇게 열흘이 흐르고, 대망의 체육대회 날이 됐다. 다솜의 티켓팅 성공으로 재현의 시합을 직접 관람할 수 있게 된 나는 오전 훈련이 끝나자마자 집 근처 지하철역으로 향했다. 먼저 역에서 기다리고 있던 다솜은 모자를 눌러쓴 나를 향해 손을 흔들었다. 좋아하는 아이돌들을 한자리에서 볼 수 있는 기회여서 그런지, 다솜의 얼굴이 눈에 띄게 밝았다.

"나 너무 좋아서 어제 잠도 못 잤잖아."

다솜이 실실 웃으며 몸을 배배 꼬았다. 곧 보게 될 아이돌들 생각에 잔뜩 신이 나 있었다. 나는 들뜬 다솜과 함께 열차에 올랐다.

경기가 열리는 체육관까지는 한 시간이 걸렸다. 우리는 서둘러 체육관 안으로 들어갔다. 경기가 펼쳐지는 체육관 수영장은 수많은 아이돌 팬으로 가득 차 있었다. 우리는 30명 가량 되는 이그니스 팬들 사이에 앉아 경기를 기다렸다.

대회 준비로 분주한 관계자들을 구경하며 주변을 둘러봤다. 늘 저 아래에서 선수로 서 있다가 관객석에 앉아 있으니 묘한 기분이 들었다. 팬들의 쩌렁쩌렁한 응원 소리를 들으며 시간을 확인했다.

곧이어 대회 시작을 알리는 안내 방송과 함께 남자 아이돌들이 하나둘 입장했다. 재현이 출전하는 경기는 남자부 자유형 200m였다.

"어, 재현이 나왔다!"

손가락으로 재현을 가리킨 다솜이 플래카드를 흔들며 방방 뛰었다. 손수 만든 플래카드에는 '우주 대스타 서재현'이라는 문구가 큼지막하게 적혀 있었다. 나는 남자 아이돌들 사이에 섞여 있는 재현을 바라봤다. 굳은 입매를 보니 조금 긴장한 것 같았다.

"어떡해. 나 너무 긴장돼. 재현이 잘해야 되는데."

다솜이 입술을 잘근거리며 발까지 동동 굴렀다. 예선이긴 하지만 긴장이 되는 것 같았다. 그리고 그건 나도 마찬가지였다. 나는 초조한 마음으로 손을 쥐었다 펴며 경기를 기다렸다. 이 대회를 위해 재현이 얼마나 애썼는지 알기에, 지켜보는 내 마음도 더욱 간절해졌다.

6번 레인을 배정받은 재현이 간단히 몸을 턴 뒤 출발대에 올라갔다. 상체를 숙인 뒤, 두 팔을 아래로 뻗자 부저음이 울렸다. 나는 환호성이 울려 퍼지는 객석에서 숨죽이며 재현의 레이스를 지켜봤다. 예선전이라 그런지 선수들 간의 실력 차이가 꽤 많이 났다. 나는 초반부터 빠르게 치고 나가는 재현을 보며 마른 침을 삼켰다. 열흘 간의 특훈이 효과를 발휘한 건지 재현은 선수들 중 가장 빨리 50m 터치 패드를 찍었다. 능숙하게 돌핀 킥을 차는 재현을 보며 다솜이 탄성을 질렀다.

"뭐야, 서재현! 완전 잘하는데?"

감동한 다솜이 두 손을 모은 채 방방 뛰었다. 몇 주 전 휴대폰으로 영상을 봤을 때보다 실력이 월등히 늘어서 놀란 듯했다. 나는 신이 난 다솜의 목소리를 들으며 재현을 눈으로 좇았다. 능숙하게 두 바퀴를 돈 재현은 비교적 손쉽게 결승행 티켓을 따냈다. 1등과 1초 차이로 2등을 차지한 재현이 물안경을 벗으며 아쉬운 표정을 지었다. 다솜이 내 팔을 퍽퍽 때리며 호들갑을 떨었다.

"이러다 진짜 1등 해서 사고 치는 거 아니야?"

나는 들뜬 다솜의 목소리를 들으며 경기를 분석했다. 간발의 차이로 1등을 거머쥔 선수는 예전에 수영을 배운 전력이 있는 유력한 우승 후보였다. 그런데 막상 오늘 보니, 예상했던 것보다 성적이 좋지 않았다. 재현이 조금만 더 노력하면 1등도 가능해 보였다.

희망을 품은 나는 대기실 안으로 들어가는 재현의 뒷모습을 바라봤다. 이어서 진행된 남은 남자부 경기와 여자부 경기가 끝나고 나니, 휴식 시간이 주어졌다. 다솜과 나는 재현을 만나기 위해 체육관을 나왔다.

체육관 뒤편 주차장으로 가니 흰색 리무진 앞에 서 있는 낯익은 뒷모습이 보였다. 재현이 한 손으로 왼쪽 어깨를 주무르며 서 있었다.

"야, 서재현! 너 완전 잘하더라? 이렇게만 가면 1등도 가능성 있겠던데?!"

쪼르르 달려간 다솜이 재현의 어깨를 손으로 팡팡 치며 호들갑을 떨었다. 그러자 재현이 미간을 찌푸리며 입술을 일그러뜨렸다. 몸에 문제가 생겼구나. 나는 단번에 표정 변화를 감지하고 재현에게 다가가 물었다.

"왜 그래? 어깨 아파?"

"아, 그냥 살짝 욱신거려서. 괜찮아. 별거 아니야."

재현이 웃으며 손사래를 쳤다. 하지만 그냥 넘길 수 없었다.

"어디 한번 봐봐."

나는 재현의 어깨를 살폈다. 손으로 살짝 눌렀을 뿐인데 그의 콧잔등이 대번에 찌푸려졌다. 아무래도 예선에서 무리하게 레이스를 하다가 어깨에 무리가 온 것 같았다. 통증을 참는 재현을 보며 조심스럽게 물었다.

"경기… 할 수 있겠어?"

재현의 반응을 보고 알았다. 생각보다 상태가 심각하다는 걸. 나는 재현의 어깨에서 손을 떼곤 표정을 굳혔다. 그에게 이 경기가 얼마나 중요한지 알고 있지만, 이 상태로 시합을 하는 건 무리일지도 모른다는 생각이 들었다. 하지만 재현은 아무렇지 않은 척하며 주먹으로 제 가슴을 퍽퍽 두드렸다.

"당연하지! 에이, 걱정 마. 이 오빠가 꼭 1등 할 거니까."

씩씩하게 대답한 재현이 내게 어깨동무를 하며 눈꼬리를 휘었다. 결국 무리하지 말라는 말을 꺼내지 못한 나는 입을 꾹 다물었다. 지금 재현은 무리를 해서라도 어떻게든 1등을 손에 넣고 싶을 테니까.

"알겠어. 힘내. 응원할게."

그저 응원한다는 말밖에 해 줄 수 없는 게 마음이 아팠다.

"그래! 서재현, 파이팅! 우리가 목 터지게 응원할게!"

옆에서 걱정스럽게 재현을 바라보던 다솜도 애써 웃으며 말을 보탰다. 그렇게 우리는 재현에게 응원의 말을 남기고 자리로 돌아왔다. 다솜이 침묵하는 내게 조심스레 물었다.

"재현이 말이야. 결승 시합, 무리해서 뛰는 거지?"

나는 고개를 끄덕였다. 시무룩해진 다솜이 한숨을 푹 쉬었다.

"기적이 일어났으면 좋겠다. 재현이 진짜 열심히 연습했잖아."

애써 미소를 지은 나는 초조한 마음으로 결승전을 기다렸다. 얼마 지나지 않아 경기 시작을 알리는 안내 방송이 나왔다. 침을 꿀꺽 삼키며 손을 쥐었다 폈다. 긴장 때문에 손바닥에서 땀이 자꾸 배어 나왔다.

선수 생활을 하며 깨달은 게 있다. 노력과 결과는 별개라는 것. 시합에 나온 선수들이 모두 최선을 다하지만, 결국 성적은 나뉘어지니까. 하지만 그런 점을 알면서도 나는 재현이 노력한 만큼의 결과를 얻길 진심으로 바랐다. 그 간절함과 절박함을 알기 때문에.

곧 재현이 선수들과 함께 수영장에 등장했다. 나는 팬들의 우렁찬 함성을 들으며 입을 달싹였다. 나와 마찬가지로 다솜도 다리를 덜덜 떨며 입술을 잘근거리고 있었다. 시합에 앞서 MC가 선수들을 간단히 인터뷰했다. 재현은 씩씩한 목소리로 각오를 밝혔다. 나는 밝은 표정의 그를 바라보며 호흡을 가다듬었다.

짧은 인터뷰가 끝나고 선수들이 출발대로 올라갔다. 나는 숨을 참으며 스타트 자세를 취하는 재현을 바라봤다. 그 순간, 부저음에 맞춰 여덟 명의 선수가 동시에 물속으로 뛰어들었다.

재현은 첫 50m 레인에 가장 먼저 도달했다. 나는 간절한 마음으로 빠르게 나아가는 재현을 지켜봤다. 누군가를 이렇게 열렬히 응원한 건 처음이었다. 그런데 100m에 다다를 무렵, 우승 후보였던 옆 레인 선수가 치고 올라왔다. 안 돼. 초조해진 나는 자리에서 벌떡 일어나 두 손을 맞잡았다. 재현이 이 경기에 얼마나 사활을 걸었는지 알기에 마음이 조마조마했다. 조금만 더. 제발 조금만 더. 주문을 외우듯 중얼거린 나는 앞으로 나아가는 재현을 응시했다. 힘든 상황 속에서도 최선을 다해 역영하는 모습에 가슴이 먹먹해졌다.

이윽고, 영원처럼 느껴지던 시합이 끝났다.

재현은 최종 3등으로 시합을 마무리했다. 어깨에 통증이 있었던 걸 감안하면 무척 훌륭한 성적이었다. 나는 물안경을 벗으며 등수를 확인하는 재현을 지그시 바라봤다. 성적을 확인하고 크게 실망할까 봐 가슴이 조마조마했다. 다행히 재현은 조금 아쉬운 표정을 지으면서도, 금세 털어 내고 1등으로 들어온 옆 레인의 선수에게 축하 인사를 건넸다. 그리고 물 밖으로 나와 응원해 준 팬들을 향해 손을 흔들었다. 그 모습을 지켜본 다솜이 자리에서 벌떡 일어나 환호했다.

"잘했다, 서재현! 진짜 멋있었어! 네가 최고야!"

나는 재현을 가만히 지켜봤다. 두 달 가량의 노력이 1등이라는 결실을 맺지 못했음에도 섭섭함을 뒤로하고 응원해 준 팬들에게 밝게 인사를 건네는 모습이 대단하게 느껴졌다.

그때, 나와 눈이 마주친 재현이 입술을 움직였다.

'고마워.'

입 모양을 읽은 나는 눈을 깜빡였다. 웃는 재현을 보는데, 심장이 찌르르 울리며 눈가에 열이 올랐다. 나는 말없이 환한 재현의 미소를 눈으로 담았다. 무슨 이유에선지 눈물이 왈칵 나올 것 같았다.

도움닫기

경기 관람을 마친 나와 다솜은 체육관을 빠져나왔다. 어느새 건물들 사이로 노을이 지고 있었다.

저 멀리서 재현이 우리를 향해 뛰어왔다. 혹여나 경기 성적 때문에 우울해하는 건 아닐까 걱정했는데 생각보다 밝은 표정이라 다행이었다. 숨을 몰아 쉰 재현이 예쁜 보조개 미소를 지었다.

"이제 돌아가는 거지?"

"응. 슬슬 가려고."

"고마워. 바쁠 텐데 시간 내서 보러 와 줘서."

"우리 사이에 이 정도는 당연하지! 그리고 너 오늘 진짜 완전 멋있었어. 내가 아는 서재현 맞나 싶더라니까. 아주 물 만난 물고기 같더라."

다솜이 엄지를 치켜들며 감격한 표정을 지었다. 오버 가득한 행동에 재현이 살짝 덜 마른 머리를 만지작거리며 멋쩍게 웃었다.

"같이 돌아가려고 했는데 힘들 것 같아. 아직 경기가 덜 끝났거든."

재현은 촬영을 마저 해야 된다고 했다. 나는 조금 떨어진 곳에서 재현을 기다리는 이그니스 매니저를 발견하고 손을 휘저었다.

"됐어. 얼른 들어가 봐. 우린 걱정하지 말고."

"그래! 너희 매니저님 기다리신다. 얼른 가 봐!"

나와 다솜의 대답에 재현이 고개를 끄덕였다.

"응, 그럼 가 볼게."

눈웃음을 지은 재현이 인사를 건네고 돌아섰다. 그런데 돌연 우뚝 멈춰서더니, 뒤를 돌아봤다. 나는 머뭇거리는 재현을 보며 고개를 갸웃거렸다. 우물쭈물거리는 모습을 보니 무언가 할 말이 있는 듯했다. 그 순간 타이밍 좋게 다솜의 휴대폰이 울렸다.

"헉, 엄마한테 전화 왔다. 잠깐만. 나 통화 좀 하고 올게."

사색이 된 다솜이 휴대폰을 쥐고 후다닥 사라졌다. 본래 독서실에 가야 하는 날인데 빼먹고 체육대회를 구경하러 온 거였다. 나는 구석에서 조마조마한 얼굴로 전화를 받는 다솜을 보다 다시 시선을 돌렸다. 쭈뼛대던 재현이 내게 다가왔다.

"왜?"

의아해하며 묻자, 재현이 낮게 헛기침을 하며 답했다.

"1등 못 해서 미안."

그가 시선을 떨군 채 말을 이었다.

"꼭 1등 해서 약속 지키고 싶었는데 쉽지가 않더라. 역부족이었어."

"됐어. 최선을 다한 거 다 아니까."

재현의 시합을 보며 느꼈다. 결과를 내지 못했다고 해서 그 노력이 퇴색되는 건 아니라는 걸. 나는 지금껏 잘해야 된다는 생각에 매몰돼 좋은 결과를 얻지 못하면 아무 의미가 없다고 쉽게 단정 지었다.

나는 눈이 부셨던 재현의 레이스를 떠올리며 덧붙였다.

"네가 제일 반짝였어. 모든 선수 중에서."

비록 1등을 하진 못했지만, 시합에 나온 선수들 중 가장 빛났다고 단언할 수 있었다. 나는 놀란 그를 향해 옅은 미소를 지었다.

"진짜?"

눈을 동그랗게 뜬 재현이 봄볕처럼 웃었다. 나는 그 싱그러운 미소를 바라보며 웃음을 삼켰다. 여의치 않은 상황 속에서도 최선을 다한 재현이 진심으로 자랑스러웠다.

"고마워. 덕분에 후회 없이 경기할 수 있었어."

재현이 긴 숨을 내뱉으며 씩씩하게 말했다.

"결과는 아쉽지만 나 진짜 후회 없어. 최선을 다했으니까."

시원섭섭한 목소리를 듣는데 가슴이 뭉클했다. 최선을 다했다는 그 말에서 진심이 느껴져서. 나는 천천히 고개를 끄덕였다.

"응. 알아."

그건 옆에서 지켜본 내가 가장 잘 알고 있었다. 나는 코끝이 찡해지는 것을 느끼며 마주 웃었다. 재현의 미소가 그 어느 때보다도 반짝거렸다.

"응원을 과하게 했나 봐. 피곤해서 기절할 것 같아."

지하철 의자에 앉은 다솜이 내 어깨에 머리를 기대며 푸념했다. 반나절 동안 열심히 응원한 탓에 목이 반쯤 쉬어 있었다. 나는 지친 다솜을 보며 웃음을 삼켰다. 피곤한 건 나도 마찬가지였다. 우리는 서로 머리를 맞댄 채 지하철 전광판을 바라봤다. 얼마 지나지 않아 열차가 집 근처 역에 도착했다.

"오늘 너무 고생했어! 조심히 들어가!"

"응. 너도."

나는 다솜에게 인사를 건네고 열린 문 너머로 발을 내디뎠다. 퇴근 시간이 지나서인지 지하철 안은 한산했다. 역을 나와 천천히 시내를 걸었다. 여름 바람을 쐬며 집으로 향하는데 이상하게 이대로 돌아가고 싶지 않다는 생각이 들었다. 걸음을 멈추고, 휴대폰으로 시간을 확인했다. 다솜과 체육관 근처에서 저녁까지 먹었더니 시간은 9시를 훌쩍 넘어가고 있었다. 나는 언제 오냐고 묻는 아빠에게 조금 늦는다는 메시지를 보내고, 방향을 틀어 체육관으로 향했다. 재현의 시합을 보고 나니 이상하게 수영이 하고 싶다는 생각이 들었다.

늘 그랬던 것처럼 펜스를 훌쩍 넘어 경비실로 향하니, 재현의 삼촌이 눈썹을 꿈틀거리며 물었다.

"오늘이 시합 아니었냐?"

"네, 맞아요."

"근데 여긴 왜 왔어. 시합도 다 끝난 마당에."

"수영하고 싶어서요."

나는 의아한 표정을 짓는 삼촌을 쳐다보다 백팩 안에서 편의점에서 산 단팥빵과 우유를 꺼냈다.

"우유는 감사의 의미로 드리는 거예요. 그간 몰래 수영장 쓰게 해주셨으니까."

삼촌은 아무런 대꾸 없이 책상 위에 놓인 단팥빵과 우유를 쳐다봤다. 희미하게 미소 지은 나는 백팩 지퍼를 잠그고, 복도 쪽 경비실 문으로 다가갔다. 그때 등 뒤로 낮은 목소리가 들렸다.

"그놈, 잘했냐?"

경비실을 나가려던 나는 몸을 틀었다. 삼촌의 시선은 여전히 축구 경기에 머물러 있었지만, 목소리에선 재현을 향한 애정이 묻어났다. 나는 미소를 머금고 답했다.

"네. 잘했어요. 엄청."

삼촌의 등을 가만히 바라보다가 경비실을 빠져나와 어두운 복도를 걸었다. 중앙 계단을 내려가 탈의실로 향하며 백팩 안에 있던 수영 가방을 꺼냈다.

탈의실에서 나와 수영장 불을 키니 전등이 파바박 소리를 내며 하나씩 켜졌다. 고요한 수영장을 바라보던 나는 4번 레인 앞에 섰다.

눈앞에 물살을 헤치며 거침없이 앞으로 나아가던 재현의 모습이 일렁거렸다.

호흡을 가다듬고, 팔을 곧게 뻗어 물속으로 그대로 다이빙했다. 차가운 물이 온몸을 껴안듯 나를 감싸 안았다. 나는 부드러운 물의 감촉을 느끼며 앞으로 나아갔다. 바다를 유유히 유영하는 청새치 떼처럼 더없이 자유로운 기분이 들었다.

새로운 시작

    그로부터 두 달이 지났다. 알람이 울리기 전에 일찍 잠에서 깬 나는 조용히 침대에서 일어나 이불을 정리했다. 오늘은 아시안게임을 위해 국가대표 선수들과 함께 베이징으로 출국하는 날이다.

    가볍게 스트레칭을 한 후 샤워를 하고 나오니, 아빠가 아침 식사를 차려 놓고 있었다. 나는 상다리가 부러질 듯한 가짓수의 음식들을 보며 기겁했다.

"아침부터 너무 과한 거 아니야? 임금도 이렇게 안 먹겠다."

"그래도 먹어. 가서 한국 음식 그립다고 울지 말고."

    픽 웃으며 숟가락을 움직였다. 내가 좋아하는 음식들로만 차려져 있어서 그런지, 평소보다 더 맛있게 느껴졌다. 금세 밥 한 공기를 뚝딱 해치우고 자리에서 일어났다. 양치를 끝내고 방으로 돌아오니, 얼추 공항으로 떠나야 할 시간이 다 돼 있었다. 백팩과 캐리어를 챙겨

방을 나서자 아빠가 거실에서 기다리고 있었다.

"데려다 주고 싶은데 영 시간이 안 되네. 미안해."

"괜찮아. 일이 더 중요하지."

두 달 사이 많은 게 변했다. 가장 큰 변화는 아빠가 새 직장을 잡은 거였다. 나와 많은 이야기를 나눈 아빠는 나를 서포트하던 걸 그만두고 자기 인생을 찾기로 했다.

나는 미안해하는 아빠에게 손사래를 치며 신발을 신었다. 아빠 없이 혼자 떠나는 건 이번이 처음이지만, 조금도 섭섭하지 않았다. 아빠도 나도 홀로서기가 필요한 시점이니까.

"잘 다녀와."

"응. 다녀올게. 엄마랑 잘 지내고 있어."

나는 아빠와 가볍게 포옹한 뒤 집을 나섰다. 집 앞으로 나가니 앱으로 부른 택시가 대기하고 있었다. 기사님의 도움으로 트렁크에 캐리어를 싣고, 뒷좌석에 앉아 창밖을 바라봤다. 길게 숨을 내뱉으며, 두근거리는 마음을 안고 빠르게 바뀌는 풍경을 구경했다. 집에서 공항까지는 한 시간 반 정도가 걸렸다. 대표팀과 합류하기로 한 장소를 떠올리며 캐리어를 끌고 공항 안으로 들어갔다. 어디로 가면 되더라. 걸음을 멈추고 주위를 두리번거릴 때였다. 난데없이 휴대폰이 울렸다. 재현에게서 온 전화였다.

"어디야?"

"나? 지금 공항이지."

"그러니까 어디냐고. 우리도 지금 공항이거든?"

공항? 나는 눈을 동그랗게 떴다. 다솜과 재현에게 오늘 떠난다는 이야기를 하긴 했지만, 공항까지 직접 올 줄은 몰랐다. 얼마 있지 않아 저 멀리에서 손을 흔들며 오는 다솜과 재현이 보였다. 나는 서둘러 두 사람에게 다가갔다.

"나 보러 온 거야?"

"그럼! 친구가 출국을 하는데 배웅하러 오는 게 의리지."

나는 생글거리는 다솜을 지그시 쳐다봤다. 아무럼 휴일이라고 하지만, 바쁜 시간을 쪼개서 여기까지 와 준 게 고마웠다. 그때 재현이 내 어깨에 팔을 두르며 말했다.

"빨리 눈물 흘려. 나 연습 째고 온 거란 말이야. 이사님한테 들키면 완전 죽음이야."

생색을 내는 재현을 보며 픽 웃었다. 인생의 중요한 순간을 함께해 주는 친구들이 있어 참 좋다는 생각이 들었다. 그때 다솜이 내게 조금 황당한 제안을 했다.

"너 팔 좀 내밀어 봐."

"팔은 왜?"

나는 의아해하면서 순순히 팔을 내밀었다. 그러자 다솜이 호주머니 안에서 연녹색 실팔찌를 꺼내 내 손목에 매 줬다.

"내가 덕질할 시간 아껴서 만든 거야. 좋은 기운 잔뜩 넣어서 만들었으니까 하고 있어."

다솜이 생글거리며 말을 덧붙였다.

"짜잔! 그리고 내 거랑 재현이 것도 있지롱."

다솜과 재현이 동시에 팔을 내밀었다. 과연 두 사람의 손목에 나와 똑같은 팔찌가 채워져 있었다. 나는 내 손목에 감긴 팔찌를 가만히 내려다봤다. 팔찌를 직접 만들어 준 것도 좋았지만, 두 사람과 같은 팔찌를 매고 있다는 사실이 더욱 마음에 들었다.

"고마워."

나는 가느다란 팔찌를 만지작거렸다. 다솜의 마음과 정성이 들어 있어서 그런지, 이걸 매고 있으면 그 어떤 시련이든 잘 헤쳐 나갈 수 있을 것 같은 기분이 들었다.

옆에서 흐뭇한 미소를 짓고 있던 재현이 불쑥 우리 둘 사이에 끼어 들었다.

"난 선물은 아닌데, 네가 좋아할 만한 소식 하나 가져왔어."

"뭔데?"

무슨 일인지 그의 입꼬리가 스르륵 올라가 있었다. 나는 호기심 어린 눈으로 재현을 바라봤다. 괜히 뜸을 들여 사람을 더 긴장시킨 재현이 작게 헛기침을 한 뒤 입을 열었다.

"우리 해체 안 하기로 했어. 꽤 큰 회사한테서 투자받았거든."

"투자? 정말?"

"응. 그래서 아마 올해 하반기 안에 새 앨범 나올 것 같아."

나는 빠르게 눈을 깜빡였다. 믿기지 않을 정도로 기쁜 소식이었다. 재현은 이게 다 아이돌 체육대회 덕분이라고 했다. 자유형 결승전이 끝나고 팬들에게 손을 흔드는 모습이 인터넷에 퍼지면서 꽤나 화제가 됐으니까.

"잘됐다."

"응. 이젠 훨훨 날아오를 일만 남았지."

나는 환하게 웃는 재현을 두 눈에 담았다. 체육대회 이후로 내내 재현이 걱정됐는데 다행이었다. 혹시나 그룹이 해체되면 어쩌나 불안했는데, 그동안 열심히 노력했기 때문에 이런 식으로 보상을 받은 게 아닐까. 나는 재현을 마주보며 환하게 미소 지었다. 그때 등 뒤로 익숙한 목소리가 들렸다.

"유영아!"

돌아보니 코치님이 내게 손을 흔들고 있었다. 슬슬 떠나야 할 시간이라는 뜻이었다. 나는 아쉬움 가득한 눈빛으로 재현과 다솜을 응시했다.

"나 이제 가 봐야겠다."

두 사람과 가볍게 포옹한 뒤 캐리어 손잡이를 잡았다. 그 순간, 재현이 돌아서는 내게 나지막한 목소리로 말했다.

"최선을 다하고 와. 우린 여기서 열심히 응원하고 있을 테니까."

나는 고개를 작게 끄덕였다. 늘 좋은 성적을 내지 못하면 사람들에게 미움을 받게 될까 두려웠는데, 지금은 아니었다. 성적과 상관없이 날 응원해 주는 사람이 있다는 걸 알게 됐으니까. 그리고 성적보다 더 중요한 건, 주어진 일에 최선을 다하는 자세라는 것도 알게 됐으니까.

두 사람을 향해 환하게 웃어 보인 나는 캐리어를 끌고 코치님에게 다가갔다. 출국장으로 향하는 발걸음이 그 어느 때보다 가벼웠다.

심야의 비밀 수영 클럽

초판 1쇄 펴냄 2023년 11월 10일
　　　3쇄 펴냄 2024년 8월 30일

지은이 하이은

펴낸이 고영은 박미숙
펴낸곳 뜨인돌출판(주) | 출판등록 1994.10.11.(제406-251002011000185호)
주소 10881 경기도 파주시 회동길 337-9
홈페이지 www.ddstone.com | 블로그 blog.naver.com/ddstone1994
페이스북 www.facebook.com/ddstone1994 | 인스타그램 @ddstone_books
대표전화 02-337-5252 | 팩스 031-947-5868

ⓒ 2023 하이은

ISBN 978-89-5807-974-3 03810